박지원 소설집

박지원 소설집

서해문집 청소년 고전문학 004

초판 1쇄 발행 2022년 10월 25일
초판 2쇄 발행 2024년 3월 20일

지은이   박지원
옮긴이   이가원 허경진
해 설   김영희
그린이   엄주
펴낸이   이영선
책임편집   이현정

편집   이일규 김선정 김문정 김종훈 이민재 이현정
디자인   김회량 위수연
독자본부   김일신 손미경 정혜영 김연수 김민수 박정래 김인환

펴낸곳 서해문집 | 출판등록 1989년 3월 16일 (제406-2005-000047호)
주소 경기도 파주시 광인사길 217(파주출판도시)
전화 (031)955-7470 | 팩스 (031)955-7469
홈페이지 www.booksea.co.kr | 이메일 shmj21@hanmail.net

ISBN 979-11-92085-69-2 43810

서해문집
청 소 년
고전문학

004

박지원 소설집

박지원 지음
이가원·허경진 옮김
김영희 해설
엄주 그림

서해문집

이 책에 실린 짧은 이야기 열한 편은 소설이라고 이름 붙였지만 박지원이 소설이라 생각하고 쓴 것은 아닙니다. 실제인 듯하나 지어낸 이야기고 허구인 듯하나 당시 조선의 실상을 담고 있습니다.

〈마장전〉부터 〈우상전〉까지, 박지원이 이십 대에 썼다는 일곱 이야기는 숨어 사는 사람들의 불만을 생동감 있게 묘사합니다. 〈호질〉과 〈허생〉은 남이 만들어 낸 듯한 우화로 국내외 정세를 교묘하게 비판하고 있지요. 과연 이 글의 작가가 박지원일까 하는 생각까지 들게 합니다. 우리나라 고전소설의 특징을 흔히 권선징악이나 고진감래 등으로 설명하는데, 박지원의 작품은 풀리지 않는 현실의 문제를 있는 그대로 바라보게 한다는 매력이 있습니다.

소설은 공자와 맹자에 얽매이지 않고 세상을 냉정하게 인식합니다. 신분에도 구애받지 않습니다. 말 거간꾼, 똥 나르는 사람, 거지, 중인 역관, 열녀 등 각계각층의 사람을 주인공으로 삼습니다.

그들의 삶에서 따뜻함과 고결함과 유쾌함을 발견해, 우정을 나누거나 공감할 수 있는 인물로 그려 냅니다.

양반의 위선과 선비의 좁은 시야는 날카롭게 풍자합니다. 명나라가 망한 지 백 년이 넘었는데 아직도 청나라를 만주 오랑캐라 얕보는 사대부들에게 '청의 앞선 문화를 배워야 한다'고 자신 있게 말합니다. 자신이 직접 청나라에 가서 목격한 제도와 생활 양식을 제대로 보여 주고 싶었던 것입니다. 청나라가 조선보다 북쪽에 있었으므로, 박지원처럼 생각하던 학자들을 북학파北學派라고 합니다.

여기 소개한 글들은 조선 시대에 출판되지 못했습니다. 문체가 점잖지 않다는 이유였습니다. 박지원의 글쓰기가 과거 시험 답안지에까지 영향을 주는 바람에 정조가 예스러운 문체로 반성문을 지어 올리라 할 정도였으니, 얼마나 새로웠는지 짐작할 수 있지요.

결국 소설들은 따로 묶이지 않고 여기저기 흘려 쓴 한문 상태로만 전해졌습니다. 이후 연민 이가원 선생이《열하일기》속에 있던 〈허생〉과 〈호질〉을 연구했는데, 소식을 들은 박지원의 후손이 집안에 내려오던《열하일기》원본과 문집을 선생에게 기증했습니다. 이 책은 그 자료를 바탕으로 한 번역을 중학생도 읽을 수 있도록 쉽게 옮긴 것입니다. 분량은 줄이지 않았습니다.

〈양반전〉등은 이미 유명하지만 수업 시간에 몇 단락 읽고 넘어

가곤 합니다. 이 책을 통해 박지원의 이야기를 온전히 함께 즐길
수 있길 바랍니다.

허경진

차
례

머리말 • 4

마장전

馬駔傳

"말 거간꾼과 집 거간꾼 따위들이 손바닥을 치며 옛날 재상 관중管仲과 달변가 소진蘇秦을 흉내 내 닭, 개, 말, 소 등의 피를 마시고 맹세한다"더니 과연 그렇다.

이별이 다가온다는 말을 듣자마자 가락지를 팽개치고 수건을 찢어버리며, 등불을 등진 채 방 벽을 향해 머리를 숙이고 슬픈 목소리를 머금은 여인이야말로 믿음직스러운 첩이다. 또 간을 토할 듯이 쓸개를 녹일 듯이, 손을 마주 잡고 마음을 내보이는 자야말로 믿음직스러운 벗이다.

그러나 콧마루를 부채로 가린 채 양쪽 눈을 깜박거리는 것이 거간꾼의 요술이다. 위험한 말로 움직여 보기도 하고 아름다운 말로 핥아 주기도 하며, 꺼리는 것을 꼬집어 내기도 한다. 강한 놈은 위협하고 약한 놈은 억압하며 같은 것들끼리는 흩뜨리고 헤어져 있는 것들은 합친다. 그 솜씨는 온갖 계책으로 천하를 다스리는 패자나 말 잘하는 변사가 마음대로 열고 닫는 임기응변이기도 하다.

옛날에 심장병을 앓는 사람이 있었다. 그는 아내에게 약을 달이라고 시켰는데, 많아지기도 하고 적어지기도 해서 양이 적당하지 않았다. 그는 화가 나서 첩에게 시켰다. 첩이 달이는 약은 많고 적음이 한결같았다. 첩이 잘한다고 여긴 그는 창에 구멍을 뚫고 엿보았다. 그랬더니 첩은 약물이 많아지면 땅에 내버리고, 적어지면 물을 더 탔다. 이것이 바로 약의 양을 적당하게 하는 방법이었다.

그러니 귀에다 입을 대고 속삭이는 소리는 지극히 솔직한 말이 아니다. 비밀을 누설하지 말라고 부탁하는 말도 깊은 사귐이 아니다. 정이 얕고 깊은 것을 나타내려고 애쓰는 자도 참다운 벗이 아니다.

송욱宋旭, 조탑타趙闒拖, 장덕홍張德弘 세 사람이 광통교 위에서 벗을 사귀는 방법을 서로 논했다. 탑타가 이렇게 말했다.

"내가 아침나절에 바가지를 두드리며 밥을 빌러 가다가 어떤 가겟집에 들렀거든. 때마침 가게 이 층에 올라가서 옷감을 흥정하는 자가 있었어. 옷감을 골라서 혀로 핥더니 공중을 쳐다보며 햇빛에 비추어 두께를 따져 보더군. 옷감 가격은 그들의 입에 달렸는데, 서로 먼저 부르라고 사양하더라고. 얼마 지나자 두 사람 다 옷감에 대한 일은 잊어버렸어. 옷감 가게 주인이 갑자기 먼 산을 바라보며 노래를 부르니 그 소리가 구름 위로 치솟더군. 그 사람도 뒷짐을 지고 어정거리며 벽 위에 걸린 그림을 보더라고."

송욱이 "네가 벗 사귀는 도리도 그럴듯하지만 참된 도리는 그런 게 아냐" 하자, 덕홍도 "허수아비도 포장을 드리울 수 있어. 그것을 당기는 노끈이 있기 때문이지"라고 했다. 송욱이 또 이렇게 말했다.

"넌 얼굴로 사귀는 것만 알고 참된 방법은 알지 못하는구나. 대개 군자가 벗을 사귐은 세 가지요, 그 방법은 다섯 가지거든. 나는 아직까지 그 가운데 한 가지도 제대로 못해서 나이가 서른이 되어도 참된 벗이 하나도 없다. 그렇지만 오래전에 참된 방법을 들은 적이 있지. 팔이 바깥으로 뻗지 않는 건 술잔을 편하게 잡으라고 그렇다는 거야."

덕홍이 말했다.

"그렇고말고. 옛 시에 이르기를 '저 숲속에 학이 울 제, 그 새끼가 따라 우네. 벼슬이 아름다우니 너와 함께해 보세' 했거든. 이를 두고 한 말일 게야."

송욱이 말했다.

"너하고는 벗에 대해 논할 수 있겠어. 내가 아까 하나를 가르쳤더니 벌써 둘을 아는구나. 온 천하 사람들이 쫓아가는 것은 오로지 세력[勢]이요, 서로 다투어 얻으려는 것은 명분[名]과 이익[利]이야. 그러니까 술잔이 처음부터 입과 함께 계획한 것은 아니지만, 팔이 저절로 굽어 든 까닭은 자연스러운 세력이기 때문이지. 저 학이 서로 소리 맞추어 우는 것도 명분을 위해서가 아니겠는가. 아름다운 벼슬이라는 것도 이익을 말하는 거야.

그러나 쫓아오는 자가 많아지면 세력이 나누어지고, 얻으려는 자가 많아지면 명분과 이익도 힘[功]이 없는 법이지. 그래서 군자가 이 세 가지에 대해 말하기를 싫어한 지가 오래되었다네. 내가 일부러 은어를 써서 네게 가르쳤는데, 너는 알아들었구나.

이제부터 남과 사귈 때 앞으로 잘할 것을 칭찬하지 않고 오직 앞서 잘한 것들만 칭찬한다면, 그는 아무런 아름다움도 느끼지 못할 거야. 그가 미처 생각하지 못하는 점도 깨우쳐 주지 말게. 앞으로 그 일을 해서 알게 된다면 겸연쩍어지기 때문이지. 또 여러 친구나 많은 사람이 모인 자리에서 어느 한 사람을 '제일'이라고 칭찬하지도 말게. '제일'이라는 말은 더 위가 없다는 뜻이니만큼, 한자리에 가득 찬 사람들의 기운이 모두 쓸쓸하게 떨어지기 때문이야.

그러므로 벗을 사귀는 데는 다섯 가지 방법이 있네. 장차 그를 칭찬하려면 먼저 잘못을 드러내 꾸짖고, 장차 기쁨을 보여 주려면 먼저 노여움을 밝혀야 하네. 장차 친하게 지내려면 먼저 내 뜻을 꼿꼿이 세우고 몸가짐은 수줍은 듯해야 하며, 남들로 하여금 나를 믿게 하려면 일부러 의문점을 하나 만들어 놓고 풀릴 때까지 기다리게나. 대개 열사烈士는 슬픔이 많고 미인은 눈물이 많은데, 영웅이 잘 우는 까닭은 남의 마음을 움직이려고 하기 때문이지. 이 다섯 가지 방법이 군자의 비밀 계획이며, 처세하는 데 쓰는 아름다운 방법이네."

탑타가 그 말을 듣고서 덕홍에게 물었다.

"송 군의 말은 너무 어렵고 은어라서 나는 알아듣지 못하겠네."

덕홍이 말했다.

"네가 어찌 이 말을 알아듣겠는가? 그가 잘하는데도 일부러 소리쳐 가며 책망하면 그의 명예는 더욱 높아질 것이다. 노여움은 사랑에서 나오고 인정도 꾸짖음에서 나오므로, 한집안 사람 사이에서는 아무리 종알거려도 싫어하지 않는 법이지. 이미 친하면서도 더욱 거리가 먼 듯이 한다면 더할 수 없이 친해지게 된다. 이미 믿으면서도 오히려 의심스러운 듯이 한다면 더할 수 없이 믿음직스럽게 되지.

술에 취하고 밤은 깊어서 다른 사람들은 모두 쓰러져 자는데, 친한 벗 두 사람만이 말없이 마주 쳐다보며 취한 나머지 흥겨워 비분강개한 빛을 띠고 있으면 그 누가 처연한 마음이 들지 않겠는가? 그러므로 벗을 사귈 때는 서로 그 마음을 알아주는 것보다 더 고귀한 방법이 없으며, 서로 그 마음을 감동시키는 것보다 더 즐거운 것도 없다네.

성급한 자가 자기의 노여운 마음을 풀거나 사나운 자가 자기의 원망스러운 마음을 풀려면 울음보다 더 빠른 방법은 없지. 그래서 나도 남과 사귈 때 가끔 울고 싶은 적이 있었지만, 울려고 해도 눈물이 흘러내리지 않더군. 그래서 지금까지 나라 안을 돌아다닌 지

삼십일 년이나 되었지만, 아직 참된 친구가 하나도 없다네."

탑타가 말했다.

"그렇다면 내가 충성스럽게 벗을 사귀고 정의롭게 벗을 정해야 겠군. 어떻게 해야 하겠나?"

덕홍이 그 말을 듣고는 탑타의 얼굴에 침을 뱉으며 꾸짖었다.

"에이, 더럽구나. 너는 그걸 말이라고 하느냐? 내 말을 들어 보아라. 대체로 가난한 사람은 바라는 것이 많기 때문에 정의를 한없이 그리워한다. 저 하늘을 쳐다보았자 가물가물하건만 곡식이라도 쏟아질 거라고 생각하지. 남의 기침 소리만 들어도 목을 석 자나 뽑곤 한다. 그러나 재산을 모으는 자는 인색하다는 이름쯤은 부끄러워하지도 않는다. 남이 나에게 무엇을 바랄 생각조차 못하게 하는 거야.

또 천한 사람은 아낄 것이 없으므로 그의 충성심은 어떤 어려운 일이라도 사양하지 않는 법이다. 왜 그런가 하면, 물을 건널 때 옷을 걷지 않는 까닭은 다 떨어진 홑바지를 입었기 때문이거든. 수레를 타는 사람이 가죽신 위에다 덧버선을 신는 까닭은 진흙이 스며들까 봐 걱정하기 때문이고. 가죽신 밑창까지도 아끼는 사람이 제 몸뚱이야 오죽하겠느냐? 그렇기에 충忠이니 의義니 하고 부르짖는 것은 가난하고 천한 자들의 상투적인 구호일 뿐이고, 부귀를 누리는 자들에게는 논할 거리도 안 되는 거야."

탑타가 처량하고 슬프게 얼굴빛을 붉히면서 말했다.

"내 한평생 벗을 하나도 사귀지 못할지언정, 너희 말처럼 '군자의 사귐'은 안 하겠다."

그래서 세 사람은 서로 갓과 옷을 찢어버렸다. 때 묻은 얼굴과 흐트러진 머리에 새끼줄을 허리띠 삼아 졸라매고는 시장 바닥에서 노래 불렀다.

골계선생*이 이 일을 듣고 〈우정론〉이라는 글을 지었다.

"나무쪽을 붙이는 데는 말린 민어의 부레를 끓여 만든 풀이 제일이고, 쇠끝을 붙이는 데는 붕사가 그만이며, 사슴가죽이나 말가죽을 붙이는 데는 찹쌀 밥풀보다 잘 붙는 것이 없다. 벗을 사귐에 있어서는 '틈'이 가장 중요하다. 연나라와 월나라 사이가 멀지만, 그런 틈이 아니다. 산천이 그 사이를 가로막았다 해도, 그런 틈이 아니다. 둘이서 무릎을 맞대고 자리에 나란히 앉았다 해서 '서로 밀접하다'고 말할 수 없고, 어깨를 치며 소매를 붙잡았다고 해서 '서로 합쳤다'고 말할 수 없다. 그 사이에는 틈이 있을 뿐이다.

옛날에 위앙衛鞅*이 장황하게 이야기를 늘어놓자 진나라 효공

---

* 골계선생 익살 가운데 교훈 더하는 일을 잘하는 사람. 여기서는 연암 자신을 뜻한다.
* 위앙 위나라 사람. 진나라 효공을 만나 '제왕의 도'를 전했는데, 효공은 졸면서 잘 듣지 않았다고 한다. 두 번째 만나 '왕도'를 전했을 때도 마찬가지였다. 세 번째 만나 '패자의 도'를 전하자 비로소 위앙의 이야기에 귀 기울였다고 한다.

은 못 들은 척하며 졸았고, 응후應侯가 노여워하지 않는 척했다면 채택蔡澤*은 벙어리처럼 말을 못했다. 그러므로 마음을 겉으로 드러내 남을 꾸짖는 것도 반드시 그럴 처지의 사람이 있고, 큰소리를 치며 남을 노엽게 만드는 것도 반드시 그럴 처지의 사람이 있다.

옛날 조승이라는 공자가 소개한 성안후成安侯와 상산왕常山王도 틈 없이 사귀었다. 한번 틈이 벌어지면 아무도 그 틈을 어떻게할 수 없는 법이다. 그러므로 사랑스러운 것도 틈이 아니겠으며, 두려운 것도 틈이 아니겠는가? 아첨이 그 틈을 타서 결합하면 고자질도 그 틈을 이용해서 벌어지게 한다. 그러므로 남을 잘 사귀는 자는 먼저 그 틈을 잘 탄다. 남을 잘 사귀지 못하는 자는 틈을 탈 줄 모른다.

대체로 곧은 사람은 곧바로 가버린다. 굽은 길을 따라가지 않고, 자기의 뜻을 꺾어 가며 무슨 일을 하진 않는다. 말 한 마디에 의견이 합해지지 않는 것은 남이 그를 이간질해서가 아니라, 제 스스로 앞길을 막은 셈이다. 그래서 속담에도 이르기를 '열 번 찍어 넘어가지 않는 나무가 없다' 했고 '성주를 위하려면 먼저 조왕께 지극한 정성을 드려라' 했으니, 이를 두고 한 말이다.

아첨하는 데는 세 가지 방법이 있다. 첫째, 자기 몸을 가다듬고

---

* 채택 벼슬을 얻으려고 여러 나라를 떠돌아다니다 자신이 진나라 재상 응후의 자리를 빼앗을 것이라는 소문을 냈다. 화가 난 응후는 그를 불러 이야기 나누다, 채택의 말에 설득되어 스스로 물러났다.

얼굴을 꾸민 뒤 말씨도 얌전히 하고, 명예와 이익에 욕심이 없고 마음이 깨끗하며 다른 사람들과 사귀기를 싫어하는 척해서 자기의 아름다움을 자랑하는 것이 상첨上諂이다. 둘째, 곧은 말을 간곡하게 해서 자기의 참된 심정을 나타내되, 그 틈을 잘 타서 이편의 뜻을 이해시키는 것이 중첨中諂이다. 셋째, 말발굽이 다 닳고 돗자리가 해지도록 자주 찾아가서 그의 입술을 쳐다보고 얼굴빛을 잘 살핀다. 그가 말하면 덮어놓고 칭찬하며 그의 행동을 무조건 아름답게 여긴다면, 저편에서 처음 들을 때는 기뻐할 것이다. 그러나 오래되면 싫증 나고, 싫증 나면 더럽게 여기게 된다. 끝내는 '저놈이 나를 놀리는 것이 아닌가?' 하고 의심하는 법이니, 이는 하첨下諂이다.

관중은 아홉 번이나 제후를 규합했고 소진은 여섯 나라의 동맹을 이끌었으니 '천하에 가장 커다란 사귐'이라고 말할 수 있겠다. 그러나 송욱과 탑타는 길에서 빌어먹고 덕홍은 시장 바닥에서 미친 노래를 부를지언정 말 거간꾼의 나쁜 술법을 쓰지는 않았다. 하물며 글 읽는 군자가 그런 짓을 할까 보냐?"

예덕선생전

穢德先生傳

선귤자蟬橘子*의 벗 가운데 '예덕선생'이란 사람이 있었다. 그는 종본탑 동쪽에 살았고 날마다 동네를 돌아다니며 똥을 쳐서 나르는 것을 직업으로 삼았다. 그래서 동네 사람들은 모두 그를 '엄항수嚴行首'라고 불렀다. 늙은 일꾼을 '항수'라 했는데, 그의 성이 엄이었다. 어느 날 자목子牧이라는 제자가 선귤자에게 물었다.

"예전에 제가 선생님께 듣기를 '벗이란 동거하지 않는 아내요, 형제자매 아닌 아우'라 했으니, 벗이란 게 이처럼 소중하지 않습니까? 온 나라 사대부들 가운데 선생님의 뒤를 따라 문하에서 놀기를 원하는 자가 많건마는, 선생님께서는 아무도 받아들이지 않으셨습니다. 그런데 저 엄항수란 자는 시골의 천한 늙은이로 일꾼 같

---

* 　선귤자　선귤자에서 선蟬(매미)은 말똥구리의 화신이고, 귤橘은 신선이 먹는 과일이다. 선귤자는 이 두 가지를 따서 인격화한 이름으로 실학자 이덕무의 호이기도 하다.

은 하류 계층에 있으며 부끄러운 일을 하는데도, 선생님께선 자꾸 그의 덕을 칭찬하면서 '선생'이라 부르고 머지않아 벗으로 사귀자고 청하시려는 듯합니다. 제자인 저로서는 매우 부끄러워 이제 선생님 문하를 떠나려 합니다."

선귤자가 웃으면서 말했다.

"가만있거라. 내가 네게 벗에 대해 이야기해 주리라. 속담에도 있지 않더냐? '의원이 제 병 못 고치고 무당이 제 춤 못 춘다'고.

사람마다 저 혼자 좋아하는 취미가 있다. 남들은 알 수 없지. 그런데 딱하게도 사람들은 그의 허물을 찾으려고 애쓴단 말이야. 부질없이 그를 칭찬하기만 하면 아첨에 가까워서 멋이 없고, 오로지 그를 헐뜯기만 하면 마치 잘못된 점만 꼬집어 내는 듯해서 비정하거든.

그래서 그의 아름답지 못한 점들부터 널리 들어가서 그 가장자리에나 어정거리되, 깊이 파고들진 않는 법이다. 그러면 비록 그를 크게 책망하더라도 그가 노여워하진 않거든. 아직까지는 자기가 가장 꺼리는 곳을 꼬집지 않았기 때문이지. 그러다가 그가 좋아하는 것을 우연히 발견하면 어떤 물건을 점쳐서 알아낸 듯 마음속에서 느낌이 오는데, 마치 가려운 곳을 긁어 주는 것처럼 되지.

가려운 곳을 긁어 주는 데도 방법이 있다. 등을 어루만지되 겨드랑이까진 이르지 말 것이며, 가슴팍을 만지더라도 목덜미까진 침범하지 말아야 해. 그래서 중요치 않은 데서 이야기가 그친다면,

그 모든 아름다움은 저절로 내게 돌아오는 법이지. 그도 기뻐하며 '참으로 나를 알아주는 벗'이라고 말할 거야. 벗이란 이렇게 사귀면 되는 거지."

이 말을 들은 자목이 귀를 막고 뒷걸음질 치면서 말했다.

"선생님께서는 제게 시정잡배나 머슴 놈들의 행세를 가르치시는군요."

선귤자가 말했다.

"그렇다면 자네가 부끄러워하는 것은 앞에 있고 뒤에는 있지 않군. 시정잡배는 이익으로 사귀고 보는 앞에선 아첨으로 사귀네. 그러므로 아무리 좋은 사이라 해도 세 번만 거듭 부탁하면 틈이 벌어지지 않는 사람이 없고, 아무리 오래 묵은 원한이 있더라도 세 번만 거듭 선물하면 친절해지지 않을 사람이 없지. 그래서 이익으로 사귀는 것은 계속되기 어렵고, 아첨으로 사귀는 것은 오래가지 않는 법이야. 오로지 마음으로 사귀며 덕으로 벗할지니, 이게 바로 '도의道義의 사귐'이네. 그러면 위로는 천 년 전의 사람을 벗하더라도 멀지 않고, 만 리 밖에 떨어져 있더라도 소외되지 않지.

저 엄항수라는 이는 나에게 알고 지내기를 요구한 적 없지만, 나는 언제나 그를 칭찬하려는 마음이 간절했다네. 그의 손가락은 굵직굵직하고 그의 걸음새는 겁먹은 듯했으며, 그가 조는 모습은 어수룩했고 웃음소리는 아주 시원하고 우렁찼어. 그의 살림살이도 바보 같았네. 흙으로 벽을 쌓고 볏짚으로 지붕을 덮고 구멍으로

문을 냈으니, 들어갈 때는 새우등이 되었다가 잠잘 때는 개 주둥이 가 되더구먼. 아침 해가 뜨면 부석거리고 일어나 흙 삼태기를 메고 동네에 들어와 뒷간을 쳐서 날랐지. 구월에 서리가 내리고 시월에 얼음이 얇게 얼어도 뒷간의 남은 찌꺼기와 말똥·쇠똥, 횃대 아래 떨어진 닭·개·거위 따위의 똥이나 돼지똥, 사람똥, 토끼똥, 닭똥 따 위를 가져오면서 마치 구슬처럼 여겼네. 그래도 그의 청렴한 인격 에는 아무런 손상이 없었지. 게다가 아무리 탐내서 많이 얻으려고 힘쓴다 하더라도 남들이 그더러 '사양하질 않는다'고 말하지는 않 거든.

이따금 손바닥에 침을 뱉고 나서 가래를 휘두르는데, 굽은 그 허리가 마치 새 부리처럼 생겼더군. 비록 찬란한 문장이라도 그의 뜻엔 맞지 않았고, 아름다운 종이나 북소리도 거들떠보지 않았어. 부귀란 사람마다 모두 원하는 것이지만 그리워한다고 해서 얻을 수 있는 것이 아니었으므로 부러워하지 않았다네. 남들이 자기를 칭찬해 준다고 더 영광스럽게 여기지도 않았고, 자기를 헐뜯는다 고 더 욕되게 여기지도 않았던 거지.

왕십리의 배추, 살곶이 다리의 무, 석교의 가지·오이·수박·호 박, 연희궁의 고추·마늘·부추·파·염교, 청파의 물미나리, 이태인 의 토란 따위를 심는 밭들은 상上 중의 상을 골라 쓰는데, 엄 씨의 똥을 써서 기름지고 살지고 평평하고 풍요롭다네. 해마다 육천 냥 이나 되는 돈을 번다지. 그렇지만 엄항수는 아침에 밥 한 그릇만

먹고도 만족스러워하며, 저녁에도 한 그릇뿐이네. 남들이 그에게 고기를 먹으라고 권하니 '목구멍만 내려가면 나물이나 고기나 배부르긴 마찬가진데, 왜 맛있는 것만 가리겠소?' 하고 사양했다네. 또 남들이 새 옷을 입으라고 권하니 '넓은 소매 옷을 입으면 몸에 익숙지 않고, 새 옷을 입으면 똥을 지고 길가로 다니지 못할 게 아니오?' 하고 사양했다네.

매년 정월 초하룻날이 되면 비로소 갓을 쓰고 띠를 두르며, 새 옷에 새 신을 신었지. 두루 돌아다니며 이웃 동네 어른들에게 세배를 올리고 돌아와 옛 옷을 찾아 입더군. 다시 흙 삼태기를 메고 동네 한복판으로 들어가는 거지. 엄항수야말로 자기의 모든 덕행을 저 더러운 똥 속에다 깊게 파묻고, 이 세상의 참된 은사 노릇을 하는 자가 아니겠는가?

옛글에 이르기를 '본래 부귀를 타고난 사람은 부귀를 행하고, 빈천을 타고난 사람은 빈천을 행해야 한다'고 했네. 이 말에서 '본래'란 하늘이 정해 준 분수를 뜻하지. 또 《시경》에 이르길 '아침부터 밤까지 관청에서 일하시니 타고난 운명이 나와는 다르다네' 했으니, '운명'이란 것도 분수를 말한다네. 하늘이 만물을 낳으실 때 제각기 정해진 분수가 있었네. 그러니 운명은 본래 타고난 것인데 그 누구를 원망하랴. 새우젓을 먹을 때는 달걀이 생각나고, 굵은 갈옷을 입으면 가는 모시옷을 부러워하는 법일세. 이래서 천하가 어지러워져 농민이 땅을 빼앗기면 논밭이 황폐해지게 마련이지.

진시황의 학정에 반대하고 일어선 진승陳勝·오광吳廣·항적項籍의 무리로 말하자면, 그들이 자기의 뜻을 호미나 고무래 따위에 두고 어찌 편안할 수 있었겠는가? 《주역》에서 '짊어진 사람이 수레에 탄다면 도둑에게 빼앗길 것이다* 한 것은 이를 두고 한 말이네. 그러므로 정의가 아니라면 비록 만종萬鍾의 녹이라도 불결하다고 느낄 것이요, 힘들이지 않고 재산을 모은 사람은 소봉素封*과 어깨를 견줄 만큼 부유해지더라도 그의 이름을 더럽게 여기는 이가 있는 법일세. 그래서 사람이 죽을 때 구슬과 옥을 입에다 넣어 주어 그의 깨끗함을 밝히는 것이야.

엄항수는 똥과 거름을 져 날라서 스스로 먹을 것을 장만하기 때문에, 그를 '지극히 조촐하지는 않다'고 말할는지 모르겠네. 그러나 그가 먹을거리를 장만하는 방법은 지극히 향기로웠으며, 그의 몸가짐은 지극히 더러웠지만 그가 정의를 지킨 자세는 지극히 떳떳했으니, 그의 뜻을 따져 본다면 비록 만종의 녹을 준다고 하더라도 바꾸지 않을 걸세. 이런 것들로 살펴본다면 세상에는 조촐하다면서 조촐하지 못한 자도 있고, 더럽다면서 더럽지 않은 자도 있다네. 그래서 나는 음식을 먹다가 차마 먹을 수 없을 정도로 차려졌

---

* 짊어진 사람이~빼앗길 것이다 등짐을 져야 할 신분의 사람이 수레에 탄다면 분수에 넘치는 것이며, 그래서 도둑에게 물건을 빼앗기게 된다는 의미
* 만종의 녹, 소봉 만종의 녹은 매우 많은 녹봉, 소봉은 작위는 없으나 제후만큼 재산이 많은 부자를 뜻한다.

을 때는 반드시 나보다 못한 사람을 생각했다네. 엄항수의 경지에 이른다면 견디지 못할 게 없겠지.

　누구든지 그 마음에 도둑질할 뜻이 없다면 엄항수를 갸륵하게 여길 거야. 그의 마음을 미루어 넓히고 키운다면 성인의 경지에라도 이를 수 있을 걸세. 선비의 얼굴에 가난한 기색이 나타나면 부끄러운 일이거든. 또 뜻을 얻어서 높은 지위에 오르거나 귀하게 되더라도 그 교만이 온몸에 흐른다면 역시 부끄러운 일이지. 그들을 엄항수에게 견주어 본다면 부끄럽지 않은 사람이 드물 거야. 그러니 내가 엄항수더러 스승이라고 부를지언정 어찌 벗이라고 부르겠는가? 그렇기에 나는 엄항수의 이름을 감히 부르지 못하고 똥을 나르는 일을 하면서도 덕을 지닌 선생, 즉 '예덕선생'이라는 호를 지어 바쳤다네."

민옹전

閔翁傳

민 영감은 남양 사람이다. 무신년(1728) 민란*에 관군을 따라 토벌에 낀 공으로 첨사 벼슬을 얻었다. 그러나 집으로 돌아온 뒤에는 끝내 벼슬하지 않았다.

그는 어릴 때부터 매우 영리하고 총명하며 말을 잘했다. 특히 옛사람의 남다른 절개나 거룩한 발자취를 흠모해 이따금 정의감에 북받치면 흥분하기도 했다. 그들의 전기를 읽을 때마다 한숨 쉬며 눈물 흘리지 않은 적이 없었다.

일곱 살이 되자 "항탁項橐은 이 나이에 남의 스승이 되었다"라고 벽에다 크게 썼다. 열두 살 때는 "감라甘羅는 이 나이에 장군이

---

* 무신년 민란 　영조의 정통성을 부정하며 일어난 반란. 영조는 숙종의 아들이 아니고 경종의 죽음과 관계되어 있으니 왕통을 바로잡자는 주장을 내세웠다. 병조판서 오명항이 이끄는 관군에 진압되었다.

되었다"라고 썼으며, 열세 살 때는 "외황아外黃兒*는 이 나이에 유세했다"라고 썼다. 열여덟 살 때는 한나라 장군 "곽거병霍去病은 이 나이에 기련에 싸우러 나갔다"라고 썼으며, 스물네 살 때는 한나라 유방과 천하의 패권을 다툰 "항적項籍은 이 나이에 오강을 건넜다"라고 썼다. 그러다가 마흔이 되었으나 이룬 것이 없었다. 그렇지만 그는 또 "맹자는 이 나이에 마음이 움직이지 않았다"라고 크게 썼다.

그 뒤에도 해가 바뀔 때마다 이런 글들을 지치지 않고 썼다. 그의 집 벽은 온통 새까맣게 되었다. 일흔 살이 되자 아내가 "영감, 올해는 까마귀를 안 그리시오?" 하고 놀렸다. 그러자 민 영감이 기뻐하면서 "그렇지. 당신은 빨리 먹이나 갈아 주구려" 하더니, 곧 "범증范增*은 이 나이에 기이한 꾀를 좋아했다"라고 커다랗게 썼다. 아내가 발칵 화를 내며 "꾀가 아무리 기이하더라도 장차 언제나 쓰시려오?" 하고 따졌다. 민 영감이 웃으면서 말했다. "옛날 여상呂尙*은 여든 살에 장수가 되었지만 새매처럼 드날렸소. 이제 나를 여상에 비한다면 어린 아우뻘밖에 안 된다오."

---

* 항탁, 감라, 외황아 항탁은 일곱 살 때 공자의 스승이 되었고 감라는 열두 살 때 진나라 재상 여불위 옆에서 외교 전략을 맡았다. 외황이라는 마을에 살던 아이는 뛰어난 말재주로 위기에 처한 마을을 구해 냈다고 한다.
* 범증 칠순의 나이에 항적(항우)의 책사가 되어 활약했다.
* 여상 태공망, 강태공이라고도 한다. 주나라 문왕의 스승이었고 무왕을 도와 은나라를 정복했다.

지난 계유년(1753)과 갑술년(1754) 사이 내 나이는 열일곱, 열여덟이었다. 병에 오랫동안 시달리면서 노래·글씨·그림·옛 칼·거문고·골동품 등의 여러 잡물을 제법 좋아했다. 지나다니는 손님들을 모아 놓고 익살스럽거나 우스운 옛날이야기를 들으며 마음을 달랬지만, 깊숙이 스며든 우울증은 어쩔 수가 없었다. 그러자 어떤 사람이 이렇게 말했다.

"민 영감은 기이한 사람이지요. 노래도 잘 부르지만 말도 잘한답니다. 그의 이야기는 신나고도 괴이하고, 능청스럽고도 걸쭉합니다. 그의 이야기를 듣는 사람치고 마음이 상쾌하게 열리지 않는 이가 없답니다."

그 말을 듣고 몹시 기뻐 그에게 함께 놀러 오라고 부탁했다. 그래서 민 영감이 나를 찾아왔는데, 나는 마침 벗들과 더불어 음악을 즐기고 있었다. 민 영감은 서로 인사를 나누기도 전에 통소 부는 자를 한참이나 들여다보더니, 그의 뺨을 치며 크게 꾸짖었다.

"주인은 즐겁게 놀자는데 너는 어째서 성난 꼴로 있느냐?"

깜짝 놀라 까닭을 묻자 민 영감이 말했다.

"저놈의 눈알이 잔뜩 튀어나올 만큼 사나운 기운을 품었소. 저게 골낸 게 아니고 무엇이겠소?"

내가 크게 웃었더니 민 영감이 또 말했다.

"꼭 통소 부는 놈만 성난 게 아니라오. 피리 부는 놈은 얼굴을 돌리고 우는 듯하고, 장구 치는 놈은 이마를 찌푸린 채 시름겨운 듯하오. 자리에 앉은 사람들이 모두 입을 다물고 마치 무서운 일이라도 난 듯해서, 아이와 종놈들까지 웃지 못하고 말도 못하게 되었으니, 이런 음악으로 어찌 기쁠 수 있겠소?"

나는 바로 그들을 돌려보내고 민 영감을 맞아들여 앉혔다. 그는 비록 몸집이 작았지만 흰 눈썹이 눈을 덮고 있었다.

그가 "내 이름은 유신이고 나이는 일흔셋이라우" 하고 스스로 말했다. 그러고는 나에게 "당신은 무슨 병이 들었수? 머리가 아픈 거유?"라고 물었다. 내가 "아니오"라고 대답했더니, 그는 또 "배가 아픈 거유?" 하고 물었다. 내가 또 "아니오" 했더니, 그가 말했다. "그렇다면 당신은 병이 아니라오." 그는 곧 지게문을 열고 들창을 걷어 괴었다. 바람이 소슬하게 불어오자 내 마음이 차츰 시원해져 예전과 확실히 달라졌다. 그래서 민 영감에게 말했다.

"나는 특히 음식 먹기를 싫어하고 밤에는 잠을 못 잔다오. 이게 바로 병이지요."

민 영감이 몸을 일으켜 나에게 치하한다고 했다. 내가 놀라면서 "영감님, 무엇을 치하한단 말이오?" 하고 물었다. 그가 말했다.

"당신은 집이 가난한데 다행히 음식 먹기를 싫어한다니, 그러면 살림살이가 나아지지 않겠소? 게다가 잠까지 없다니 낮과 밤을 아우르면 나이의 갑절을 사는 게 아니겠소? 살림살이가 늘어나고 나이를 갑절로 산다니, 그야말로 장수[壽]와 재물[富]을 함께 누리는구려."

얼마 뒤에 밥상이 들어왔다. 나는 얼굴을 찌푸리고 숟가락을 들지 않았다. 이것저것 골라서 냄새만 맡을 뿐이었다. 민 영감이 갑자기 크게 성내며 일어나 가려고 했다. 나는 깜짝 놀라서 "영감님, 왜 노해서 가시려고 합니까?" 하고 물었다. 민 영감이 말했다.

"당신은 손님을 불렀으니 손님에게 먼저 음식을 권해야지. 어째서 혼자 먹으려고 하오? 이건 나를 대접하는 도리가 아니라오."

나는 사과하면서 민 영감을 붙들었다. 한편으로는 빨리 밥상을 올리게 했다. 민 영감은 사양하지 않고 팔뚝을 걷어붙였다. 숟가락과 젓가락에 음식을 가득 올렸다. 내 입안에 저절로 침이 흘렀다. 마음이 시원해지고 코밑이 트였다. 그제야 옛날처럼 밥이 먹혔다.

밤이 되자 민 영감은 눈을 감고 단정하게 앉았다. 내가 그에게 무슨 이야기를 걸었지만 더욱 입을 다물었다. 나는 몹시 무료했다. 한참 뒤에 민 영감이 별안간 일어나서 촛불 똥을 긁어 버리며 말했다.

"내 나이가 젊을 때는 눈에 스치는 글마다 곧 외웠으나 이젠 늙었소. 그래서 당신과 내기를 해 보려 하오. 평생 보지 못한 책을 뽑아 각기 두세 번 눈으로 훑은 뒤 외워 봅시다. 만약 한 글자라도 잘못되면 벌을 받기로 약속하는 게 어떻겠소?"

나는 그가 늙었음을 기회 삼아 "그러지요" 하고 대답했다. 바로 시렁 위에서 《주례》*를 뽑았고, 그 책에서 민 영감은 〈고공〉 편을 골랐다. 나에게는 〈춘관〉 편이 돌아왔다. 잠깐 뒤에 민 영감이 "나

는 벌써 다 외웠다우" 하고 나를 일깨웠다. 나는 아직 한 차례도 훑어보지 못한지라 깜짝 놀라서 조금만 더 기다려 달라고 청했다. 영감은 자꾸만 재촉해 나를 곤경에 빠뜨렸다. 그럴수록 외울 수가 없었다. 졸린 듯하다가, 그만 잠이 들었다. 하늘이 밝은 뒤에야 민 영감에게 "어제 외운 글을 기억하시오?" 하고 물었다. 민 영감이 웃으면서 말했다.

"나는 처음부터 외우지 않았다오."

하루는 밤늦도록 민 영감과 이야기했다. 민 영감이 같이 앉은 손님들에게 농담도 하고 꾸짖기도 했는데, 민 영감을 막아 내는 자가 아무도 없었다. 한 손님이 민 영감을 궁색하게 하려고 물었다.

"영감님은 귀신을 보았소?"

"보았지."

"귀신은 어디에 있소?"

민 영감이 눈을 부릅뜨고 뚫어지게 바라보다 등잔 뒤에 앉아 있던 손님을 향해 소리쳤다.

"귀신이 저기 있다."

그 손님이 성내면서 민 영감에게 따졌다. 그러자 민 영감이 말했다.

"밝으면 사람이 되고 어두우면 귀신이 되는 법이라오. 지금 당

---

* 《주례》 주나라의 관직 제도를 기록한 유교 경전

신은 어두운 곳에 있으면서 밝은 곳을 살피고 얼굴을 숨긴 채로 사람을 엿보았으니, 어찌 귀신이 아니겠소?”

자리에 있던 사람들이 모두 웃었다. 손님이 또 물었다.

“영감님은 신선도 보았소?”

“보았지.”

“신선은 어디에 있소?”

“집이 가난한 자가 바로 신선이라오. 부자들은 늘 속세를 그리워하는데 가난한 자는 언제나 속세를 싫어하니, 속세를 싫어하는 게 신선이 아니고 무엇이겠소?”

“영감님은 나이 많은 사람도 보았겠구려?”

“보았지. 내가 오늘 아침 숲속에 들어갔는데 두꺼비와 토끼가 제각기 나이가 많다고 다투더군. 토끼가 두꺼비더러 ‘내가 팽조彭祖*와 동갑이니까, 너 같은 자야말로 나중에 태어난 자다’ 하니 두꺼비가 머리를 숙이고 훌쩍훌쩍 운다. 토끼가 깜짝 놀라 ‘왜 그리 슬퍼하냐?’고 묻자 두꺼비가 이렇게 말했지.

‘나는 저 동쪽 이웃집 어린아이와 동갑이었는데, 그 아이는 다섯 살 때 벌써 글을 읽을 줄 알았단다. 아득한 옛날 천황씨天皇氏* 때 태어나 인년寅年에 역사를 기록하기 시작했지. 수많은 왕과 천

---

* 팽조　800년을 살았다는 전설 속의 인물
* 천황씨　중국 고대 전설에 나오는 세 황제 중 한 사람

자[帝]를 지나 주나라에 이르러 왕통이 끊어지자 책력 하나를 이루었어. 진나라 때는 윤달이 들었고 한, 당을 거쳐 아침에는 송나라가 되었다가 저녁에는 명나라가 되었지. 모든 사변을 겪으면서 기쁜 일, 놀라운 일, 죽은 이를 슬퍼하는 일, 가는 이를 보내는 일 등으로 지루한 세월을 지내다 오늘에 이른 것이야. 그런데도 오히려 귀와 눈이 밝아지고, 이와 털이 나날이 자란단 말이야. 나이 많은 사람으로서 저 아이만 한 사람은 없을 거야. 그런데 팽조는 겨우 팔백 살을 살다가 일찍 사라졌다니, 세상 경험도 적고 일도 오래 겪지 못했겠지. 그래서 내가 그를 슬퍼하는 거야.'

결국 토끼가 두 번 절하고 뒷걸음질하면서 '네가 내 할아버지뻘이다' 합디다. 이로써 본다면 글 많이 읽은 자가 가장 목숨이 긴 거라우."

"그럼 영감님은 가장 훌륭한 맛도 보았겠구려?"

"보았지. 하현달이 떠서 썰물이 되면 바닷가의 흙을 갈아 염전을 만들거든. 그 갯벌을 구워 성긴 것으로는 수정염을 만들고 고운 것으로는 소금을 만들지. 온갖 맛을 조화시키려고 하면서, 어찌 소금 없이 맛을 내겠소?"

그러자 모두들 말했다.

"좋소. 그러나 불사약은 영감님도 결코 못 보았겠죠?"

민 영감이 웃으며 말했다.

"이거야말로 내가 아침저녁으로 늘 먹는 것인데 어찌 모르겠소? 큰 골짜기 굽은 소나무에 달콤한 이슬이 떨어져 땅속으로 스며들면 천 년 만에 복령茯苓*이 되지. 인삼 가운데는 신라의 토산품이 으뜸인데, 단정한 모양에 붉은빛에 사지가 갖추어진 데다, 쌍갈래로 땋은 머리는 아이처럼 생겼다네. 구기자가 천 년 되면 사람을 보고 짖는다우. 내가 일찍이 이 세 가지 약을 먹고 백 일이나 음식을 먹지 못하다가 숨결이 가빠져서 죽을 지경에 이르렀지. 이웃집 할미가 와서 보고는 이렇게 탄식합디다.

'자네 병은 굶주렸기 때문에 생겼지. 옛날에 신농씨神農氏가 온갖 풀을 다 맛보고 비로소 쌀·보리·콩·조·기장을 뿌렸으니, 병을 다스리려면 약을 쓰고 굶주림을 고치려면 밥을 먹어야 한다네. 이 병은 오곡이 아니면 고치기 어렵겠네.'

나는 그제야 쌀로 밥을 지어 먹고는 죽기를 면했다우. 불사약치고 밥보다 나은 게 없는 셈이지. 그래서 나는 아침에 한 그릇, 저녁에 또 한 그릇 먹고 지금 벌써 일흔이 넘었다우."

민 영감은 언제나 말을 지루하게 늘어놓았지만 끝에 가서는 모두 이치에 맞았다. 게다가 속속들이 풍자를 머금었으니, 변사라고 할 만했다.

그 손님도 물을 말이 막혀서 다시 따지지 못하게 되자 벌컥 화를 내며 "그럼 영감님도 두려운 게 있소?" 하고 물었다. 민 영감이

---

* 복령 약재로 쓰는 버섯

잠자코 있다가 별안간 목소리를 높여서 말했다.

"나 자신보다 더 두려운 건 없다우. 내 오른쪽 눈은 용이고 왼쪽 눈은 범이거든. 혀 밑에는 도끼를 간직했고 굽은 팔은 활처럼 생겼지. 내 마음을 잘 가지면 어린아이처럼 착해지지만, 까딱 잘못하면 오랑캐도 될 수 있다우. 삼가지 못하면 장차 제 스스로 물고 뜯고, 끊고 망칠 수도 있는 거지. 그래서 옛 성인의 말씀 가운데 '극기복례克己復禮'와 '폐사존성閉邪存誠*'이 있다우. 성인께서도 스스로를 두려워하신 거지."

민 영감은 한꺼번에 여러 질문을 받았으나 그의 대답은 언제나 메아리처럼 빨라서 아무도 그를 골탕 먹이지 못했다. 그는 자기 자신을 자랑하기도 하고 기리기도 했으며, 곁에 앉은 사람을 놀리기도 했다. 사람들이 모두 허리를 잡고 웃어도 얼굴빛 하나 변하지 않았다.

어떤 사람이 "황해도 지방에 황충이 생겨 관청에서 백성들더러 잡으라고 감독한답디다" 하자, 민 영감이 물었다.

"황충을 잡아서 무엇한다우?"

"이 벌레는 누에보다 작으며 알록달록한 빛에 털이 돋아 있습니다. 이놈은 날면 멸구[螟]가 되고 붙으면 해충[蟊]이 되어 우리

---

* 극기복례와 폐사존성 극기복례는 사욕을 누르고 예법으로 돌아간다는 뜻, 폐사존성은 사심을 막고 참된 마음을 보전한다는 뜻이다.

곡식을 해치는데, 거의 전멸시키지요. 그래서 잡아다가 땅속에 묻는답니다."

민 영감이 말했다.

"이따위 조그만 벌레를 가지고 걱정할 게 무어람. 내 보기엔 종로 네거리에 한길 가득히 오가는 것들이 모두 황충일 뿐입니다. 키는 모두 일곱 자가 넘고, 머리는 검은 데다 눈은 빛나지요. 입은 주먹이 드나들 만큼 큰 데다 무슨 소린지 지껄여 대고, 구부정한 허리에 발굽이 서로 닿고 궁둥이가 잇달아 있습니다. 이놈들보다 더 농사를 해치고 곡식을 짓밟는 놈들이 없다우. 내가 그놈들을 잡고 싶은데, 큰 바가지가 없는 게 한스럽구려."

그 자리에 있던 사람들은 모두 이런 벌레가 정말 있다고 생각하고 크게 두려워했다.

어느 날 민 영감이 찾아왔다. 내가 그를 바라보고 은어로 "춘첩자春帖子 방제狵嗁"라고 하니 민 영감이 웃으며 말했다.

"'춘첩자'는 문에다 붙이는 글이니 바로 내 성인 민閔일 게고, '방'은 늙은 개니까 나를 욕하는 말일 테지. '제'는 내 이가 빠져서 말소리가 분명치 않은 게 듣기 싫다는 뜻일 테고. 그래도 당신이 늙은 개가 두렵다면 개 견犭 변을 버려야 할 거요. 또 웅얼대는 게 듣기 싫다면 입 구口 변을 막아버려야겠지. 그 나머지 글자인 제帝는 조화를 뜻하고 방尨은 큰 물건을 뜻하니, 제 자에다 방 자를 덧붙이면 '크다'는 뜻이 되는 동시에 글자 모양은 용龐이 된다네. 그러면 당신은 나를 모욕한 게 아니라, 나를 칭찬한 게 된다우."

그 이듬해 민 영감이 세상을 떠났다. 사람들은 이렇게 말했다. "민 영감이 비록 지나치게 통이 크고 기이하며 얽매이지 않고 호탕하지만, 그의 성격은 깨끗하고 곧으며 즐겁고도 밝다.《주역》을 잘 알고 노자의 글을 좋아했으며, 대체로 엿보지 못한 글이 없다."

그의 두 아들이 모두 무과에 올랐지만 아직 벼슬하지 못했다. 올해 가을에 내 병이 심해진 데다, 민 영감도 다시는 만나 볼 수 없게 되었다. 이에 나는 그와 더불어 나누던 은어·해학·풍자 등을 모아 이 〈민옹전〉을 지었다. 때는 정축년(1757) 가을이다. 시를 지어 민 영감의 죽음을 슬퍼한다.

아아, 민 영감이시여.

괴상하고도 기이하며, 놀랍고도 깜찍스럽구려.

기쁘고도 노여우며, 또한 얄밉구려.

저 방 벽의 까마귀가 끝내 새매로 변하지 못했구려.

영감께선 뜻을 지닌 선비였건만

끝내 늙어 죽을 때까지 쓰이지 못했구려.

내 그대를 위해 전傳을 지으니

아아, 그대는 오히려 죽지 않을 거외다.

양반전

兩班傳

양반은 사족士族*을 높여 부르는 말이다.

강원도 정선 고을에 한 양반이 살고 있었는데, 그는 어질면서도 글 읽기를 좋아했다. 그래서 군수가 새로 부임할 때마다 반드시 그 집에 몸소 나아가 경의를 표했다. 하지만 살림이 가난해 매년 관가에서 환자還子*를 타 먹었고, 여러 해가 쌓이고 보니 천 석이나 되었다. 관찰사가 여러 고을을 돌아다니다 이곳에 이르러 관청 쌀의 출납을 검사하고는 매우 노했다.

"어떤 놈의 양반이 군량을 이렇게 축냈단 말이냐?" 하고 명령을 내려 그 양반을 잡아들이게 했다. 군수는 그 양반이 가난해서 갚을 길이 없음을 불쌍히 여겼다. 차마 가두고 싶지 않았지만 그렇다고

---

* 사족 　선비 집안이나 그 자손
* 환자 　봄에 백성에게 꾸어 주고 가을에 이자를 붙여 거두던 곡식. 환곡이라고도 한다.

가두지 않을 수도 없었다. 양반은 밤낮으로 훌쩍거리며 울었으나 아무 대책도 나오지 않았다. 그러자 그의 아내가 이렇게 욕했다.

"당신이 한평생 글 읽기를 좋아했지만 관가의 환곡을 갚는 데는 아무런 도움도 못 되는구려. 쯧쯧. 양반, 양반 하더니 한 푼어치도 못 되는구려."

그 마을에 있던 부자가 가족들과 서로 의논했다.

"양반은 아무리 가난해도 언제나 존대를 받고 영광스럽지만 우리는 아무리 부자가 되어도 언제나 하대를 받고 천하거든. 감히 말을 탈 수도 없고, 양반만 보면 저절로 기가 죽어서 굽실거리며 엉금엉금 기어가 뜰 밑에서 절해야 하지. 코가 땅에 닿도록 무릎으로 기다시피 하면서 줄곧 이렇게 창피를 당해야 하거든. 마침 저 양반이 가난해서 환자를 갚지 못해 몹시 곤란해질 모양이야. 실로 그 양반이라는 자리도 지닐 수 없는 형편이 되었으니 내가 그걸 사서 가져야겠어."

부자는 곧 양반의 집에 찾아가서 환자를 대신 갚겠다고 청했다. 양반은 크게 기뻐하며 허락했다. 부자가 바로 곡식을 관가에 보내 갚았다. 군수는 매우 놀라면서도 이상하게 생각했다. 직접 양반을 찾아가 위로하면서 환자를 갚은 사정을 물으려 했다. 그러자 양반은 벙거지를 쓰고 베잠방이를 입은 채 길바닥에 엎드려 '쇤네'라고 칭하면서 감히 올려다보지를 못했다.

군수가 깜짝 놀라 내려가서 그를 부축하며 "선생께서 어찌 이다지도 스스로를 욕되게 하시는지요?"했다. 양반은 더욱 황송해 어쩔 줄 몰라 하며 머리를 조아리고 엎드렸다.

"황송하옵니다. 쇤네가 감히 일부러 이런 짓을 하는 건 아니옵니다. 쇤네는 벌써 양반을 팔아 환자를 갚았으니, 마을의 부자가 바로 양반이옵니다. 쇤네가 어찌 다시금 뻔뻔스럽게 옛날처럼 양반 행세를 하면서 스스로 높이겠습니까?"

군수가 감탄하며 말했다.

"군자답구려, 부자시여! 양반답구려, 부자시여! 부유하면서도 아끼지 않으니 정의롭고, 남의 어려움을 돌보아 주니 어질도다. 낮은 신분을 싫어하고 높은 자리를 그리워하니 슬기롭도다. 이야말로 참된 양반이로다. 아무리 그렇더라도 소송이 일어날 꼬투리가 되리니, 내가 고을 사람들을 함께 모아 놓고 증인을 세운 뒤 증서를 만들어 주리다. 군수인 내가 마땅히 서명해야지."

군수가 곧 동헌으로 돌아와서 온 고을 사족과 농민, 직공, 장사치까지 모두 불러 뜰에 모았다. 부자는 향소鄕所의 오른쪽에 앉히고 양반은 공형公兄* 아래 세운 뒤 바로 증서를 작성했다.

건륭乾隆* 십 년 구월 며칠에 아래와 같이 권리를 증명하는 문서를

---

* 향소, 공형 향소는 수령을 보좌하던 기관의 우두머리, 공형은 고을의 아전인 호장·이방·수형리를 이르는 말이다.
* 건륭 청나라 고종 때의 연호. 건륭 10년은 영조 21년(1745)이다.

밝힌다.

양반을 팔아 관가의 곡식을 갚은 일이 생겼는데, 그 곡식은 천 섬이나 된다. 이 양반의 이름은 여러 가지다. 글만 읽으면 '선비'라 하고, 정치에 종사하면 '대부大夫'라 하며, 착한 덕이 있으면 '군자君子'라 한다. 무관은 조정에서 서쪽에 서고, 문관은 동쪽에 서며, 이들을 통틀어 양반이라고 한다. 여러 양반 가운데서 그대 마음대로 골라잡되, 오늘부터는 지금까지 하던 야비한 일들을 깨끗이 끊어버리고 옛사람을 본받아 뜻을 고상하게 가져야 한다.

오경*이 되면 언제나 일어나 성냥을 그어 등불을 켜고, 정신을 가다듬어 눈으로 코끝을 내려다보며, 두 발뒤축을 한데 모아 볼기를 괴고 앉아서,《동래박의東萊博議》처럼 어려운 글을 얼음 위에 박 굴리듯이 외워야 한다. 굶주림을 참고 추위를 견디며, 가난하다는 말을 입 밖에 내지 않아야 한다. 이를 마주 치며 손가락으로 뒤통수를 튕긴다. 침을 가늘게 뿜어 만든 진액을 삼키고 털로 만든 감투를 쓸 때는 소맷자락으로 먼지를 털고 털결을 일으킨다. 세수할 때는 주먹의 때를 비비지 말 것이며, 양치질해서 입 냄새를 없앤다. 긴 목소리로 '아무개야' 하고 계집종을 부르고, 느리게 걸으면서 뒤축을 끌어야 한다.

《고문진보古文眞寶》나《당시품휘唐詩品彙》* 같은 책들을 깨알처럼 가늘게 베껴 쓰되, 한 줄에 백 자씩 써야 한다. 손에 돈을 지니지 말

---

* 오경 새벽 3시~5시

52

것이며, 쌀값을 묻지도 말아야 한다. 날씨가 더워도 버선을 벗지 말며, 밥상에 맨상투 꼴로 앉지 말아야 한다. 식사할 때는 국물 먼저 마셔버리지 말며, 마시더라도 훌쩍거리는 소리를 내지 말아야 한다. 젓가락을 내려놓을 때 밥상을 찧어 소리 내지 말며, 생파를 씹지 말아야 한다. 막걸리를 마신 뒤에 수염을 빨지 말며, 담배를 태울 때도 볼이 오목 파이도록 빨아들이지 말아야 한다.

아무리 분하더라도 아내를 치지 말며, 화가 나더라도 그릇을 차지 말아야 한다. 맨주먹으로 아녀자들을 때리지 말며, 종들이 잘못하더라도 족쳐 죽이지 말아야 한다. 말이나 소를 꾸짖으면서 팔아먹은 주인을 들추지 말아야 한다. 병이 들어도 무당을 불러오지 말고, 제사 지내면서 종을 불러다 재齋를 올리지 말아야 한다. 화롯불에 손을 쬐지 말며, 말할 때 침을 튀기지 말아야 한다. 소백정 노릇을 하지 말며, 돈치기 놀이도 하지 말아야 한다.

부자가 이러한 행위 가운데 한 가지라도 어기면, 양반은 이 증서를 가지고 관청에 와서 판결을 구해 바로잡을 수 있다.

이렇게 쓰고 성주 정선 군수가 화압*했다. 좌수와 별감 모두 서

명하니 통인이 관인을 찍었다. 뚜욱뚜욱 하는 그 소리는 마치 엄고 치는 소리 같았고, 그 찍어 놓은 모습은 마치 북두칠성이 세로로 놓인 듯, 삼성*이 가로로 놓인 듯했다. 호장이 읽기를 마치자 부자가 한참을 멍하게 있다 말했다.

"양반이 겨우 요것뿐이란 말씀이오? 나는 양반이 신선과 같다고 들었는데, 정말 이것뿐이라면 너무 억울하게 곡식만 뺏긴 거지유. 아무쪼록 좀 더 이롭게 고쳐 주시오."

그래서 다시 증서를 만들었다.

하늘이 백성을 낳으실 때 그 갈래를 넷으로 나누셨다. 네 갈래 백성 가운데 가장 존귀한 이가 선비고, 이 선비를 양반이라고 부른다. 세상에서 양반보다 더 큰 이문利文은 없다. 그들은 농사짓지도 않고 장사하지도 않는다. 옛글이나 역사를 대략만 알면 과거를 치르는데, 크게 되면 문과요 작게 이르더라도 진사다.

문과 합격 증서인 홍패紅牌는 두 자도 채 못 되지만 온갖 물건이 이것으로 갖추어지니 돈 자루나 다름없다. 진사는 나이 서른에 첫 벼슬을 하더라도 이름난 음관蔭官*이 될 수 있다. 훌륭한 남인南人에게 잘 보인다면, 수령 노릇을 하느라 귓바퀴가 큰 양산 바람에 해쓱해

---

* 엄고, 삼성   엄고는 시간을 알리는 큰북, 삼성은 오리온자리에 있는 세 개의 큰 별이다.
* 음관   과거를 치르지 않고 조상의 공로로 얻은 벼슬

지고 동헌 사령들이 '예이!' 하는 소리에 배가 살찌는 법이다. 방 안에서 귀고리로 기생이나 놀리고, 뜰 앞에 곡식을 쌓아 학을 기른다. 가난한 선비로 시골에 살더라도 마음대로 행동할 수 있다. 이웃집 소를 몰아다가 내 밭을 먼저 갈고 동네 농민을 잡아내어 내 밭을 김 맬대도, 어느 놈이 감히 나를 괄시하랴. 네놈의 코에 잿물을 따르고 상투를 엉망으로 만들며 수염을 뽑더라도 원망조차 못하리라.

부자가 그 증서 만들기를 중지시키고 혀를 빼면서 말했다.

"그만두시오. 제발 그만두시오. 참으로 맹랑합니다그려. 당신네는 나를 도둑놈으로 만들 작정이시오?" 그러고는 머리채를 흔들며 달아났다. 이후 그는 죽을 때까지 '양반'이란 소리를 입에 담지도 않았다.

김신선전

金神仙傳

김신선의 이름은 홍기弘基다. 나이 열여섯에 장가들어 부인과 한 번 잠자리를 한 뒤 아들을 낳았다. 그런 후에 다시는 아내를 가까이하지 않았다. 곡식을 물리치고 벽만 바라보고 앉아 있더니, 두어 해 만에 몸이 별안간 가벼워졌다. 국내의 이름난 산들을 두루 찾아 노닐며 늘 한숨에 수백 리를 달리고는 해가 이르고 늦음을 따졌다. 신을 다섯 해 만에 한 번 바꿔 신었으며 험한 곳을 만나면 걸음이 더 빨라졌다. 언젠가는 이렇게 말했다. "옷을 걷고 물을 건너거나 달리는 배를 타면 내 걸음이 오히려 늦어진다."

  밥을 먹지 않았기 때문에, 사람들은 그가 찾아오는 것을 싫어하지 않았다. 겨울에도 솜옷을 입지 않고 여름에도 부채질하지 않았으므로 그를 '신선'이라 불렀다.

  나는 예전에 우울증이 있었다. 그때 마침 김신선의 술법이 가끔 기이한 효과를 내기도 한다는 소문을 들었다. 그래서 그를 더욱 만나고 싶었다. 윤생과 신생을 시켜 남들 몰래 서울 안에서 그를 찾았으나 열흘이 지나도 찾지를 못했다. 윤생이 이렇게 말했다.

"지난번 김홍기의 집이 서학동에 있다는 말을 들어서 지금 가 보았더니 그게 아니었습니다. 사촌 형제들 집에다 자기 처자식만 부쳐 두었더군요. 그의 아들에게 물으니 이렇게 대답했습니다.

'우리 아버지는 한 해에 서너 번 다녀가시곤 하지요. 아버지 친구 한 분이 체부동에 사시는데, 술 좋아하고 노래 잘 부르는 김 봉사라고 합니다. 누각동에 사는 김 첨지는 바둑 두기를 좋아하고, 그 뒷집 이 만호는 거문고 뜯기를 좋아하지요. 삼청동 이 만호는 손님 치르기를 좋아하고, 미원동 서 초관이나 모교 장 첨사, 그리고 사복천에 사는 변 지승도 모두 손님 치르기와 술 마시기를 좋아합니다. 이문里門* 안 조 봉사 역시 아버지 친구라는데 그 집엔 이름난 꽃들이 많이 심겨 있고, 계동 유 판관 댁에는 기이한 책들과 오래된 칼이 있었지요. 아버지가 늘 그 집들을 찾아다녔으니, 당신이 꼭 만나려거든 몇 집을 찾아보시오.'

그래서 그 집들을 두루 다녀 보았지만 어느 집에도 없었습니다. 다만 저녁나절 한 집에 들렀더니, 주인은 거문고를 뜯고 두 손님은 잠자코 앉아 있더군요. 흰머리에다 갓도 쓰지 않았습니다. 저는 혼

---

* 이문 동네 어귀에 세운 문. 서울 종각 옆에 이문이 있었고, 동대문구에도 이문동이 있다.

자 '아마 이 가운데 김홍기가 있겠지' 생각하고 한참이나 서 있었습니다.

거문고 가락이 끝나기에 앞으로 나가서 '어느 어른이 김 선생이신지요?' 하고 물었습니다. 주인이 거문고를 놓고는 '이 자리에 김 씨는 없는데 너는 누구를 찾느냐?' 하더군요. '몸을 깨끗이 하고 찾아왔으니 노인께서는 숨기지 마십시오' 했더니 주인이 그제야 웃으면서 '너는 김홍기를 찾는구나. 아직 오지 않았어' 했습니다. '그러면 언제 오나요?' 하고 물었더니 이렇게 대답해 주더군요.

'그가 머무는 곳은 일정하지 않네. 일정하게 놀러 다니는 법도 없지. 여기 올 때도 미리 기일을 알리지 않고, 떠날 때도 약속을 남기는 법이 없어. 하루에 두세 번씩 지나갈 때도 있지만, 오지 않을 때는 한 해가 그냥 지나가기도 하지. 그는 주로 창동이나 회현방에 있고, 동관·이현·동현·자수교·사동·장동·대릉·소릉 같은 곳도 가끔 찾아다니며 논다고 하더군. 그러나 그 주인들의 이름은 모두 알 수가 없네. 창동의 주인만은 내가 잘 아니, 거기로 가서 물어보게나.'

바로 창동에 가서 그 집을 찾아가 물었더니 거기서는 이렇게 대답합디다.

'그이가 오지 않은 지 벌써 여러 달이 되었소. 장창교에 사는 임 동지가 술 마시기를 좋아해서 날마다 김 씨와 더불어 내기를 한다던데, 지금까지도 임 동지의 집에 있는지 모르겠소.'

그래서 그 집까지 찾아갔습니다. 임 동지는 여든이 넘어서 귀가 몹시 어둡더군요. 그가 말하길, '에이구, 어젯밤에 잔뜩 마시고 아침나절 취흥에 겨워 강릉으로 돌아갔다우' 하기에 멍하니 한참 있었습니다. 그러다 '김 씨가 보통 사람과 다른 점이 있습니까?' 하고 물었지요. 임 동지가 '한낱 보통 사람인데 유달리 밥을 먹지 않더군' 하기에 '얼굴 모습은 어떤가요?' 물었습니다. '키는 일곱 자가 넘고, 여윈 얼굴에 수염이 난 데다 눈동자는 푸르고, 귀는 길면서도 누렇더군' 하기에, '술은 얼마나 마시는가요?' 물었지요. '그는 한 잔만 마셔도 취하지만, 한 말을 마셔도 더 취하지는 않아. 그가 언젠가 취한 채로 길바닥에 누웠는데, 아전이 보고서 이레 동안 잡아 두었지. 그래도 술이 깨지 않자 결국 놓아주더군' 하더군요. '그의 말솜씨는 어떤가요?' 물었더니 '남들이 말할 때는 앉아서 졸다가도, 이야기가 끝나면 웃음을 그치지 않더군' 했습니다. '몸가짐은 어떤가요?' 물으니, '참선하는 것처럼 고요하고, 수절하는 과부처럼 조심하더군' 합디다."

나는 윤생이 힘들여 찾지 않았다고 의심한 적도 있었다. 그러나 신생도 수십 집을 찾아보았는데 모두 만나지 못했고, 그의 말 또한 윤생과 같았다.

어떤 사람은 말하기를 "홍기의 나이는 백 살이 넘었으며 그와 함께 노니는 사람들은 모두 기인이다" 했고, 또 어떤 사람은 "그렇지 않다. 홍기는 나이 열아홉에 장가들어서 곧 아들을 낳았는데 지금 그 아이가 겨우 스물밖에 안 되었으니, 홍기의 나이는 아마 쉰 남짓일 거야" 했다. 어떤 사람은 "김신선이 지리산에서 약을 캐다 벼랑에 떨어져 돌아오지 못한 지 벌써 수십 년이나 되었다" 했고, 또 어떤 사람은 "아직까지도 어두침침한 바위틈에서 무엇인지 반짝반짝 빛나는 게 있다" 했다. 그러자 또 어떤 사람이 "그건 그 늙은이의 눈빛이야. 산골짜기 속에선 이따금 길게 하품하는 소리도 들려" 했다.

하지만 지금 김홍기는 '오직 술이나 잘 마실 뿐이지 무슨 술법이 있는 것도 아니고, 오로지 신선이라는 이름만 빌려서 행할 뿐'이라고도 한다. 그래서 내가 또 복이라는 동자를 시켜 그를 찾아다니게 했으나 끝내 찾지 못했다. 그때가 계미년(1763)이었다.

이듬해 가을, 나는 동쪽 바닷가에서 놀다 저녁 무렵 단발령에 올라 금강산을 바라보았다. 봉우리가 일만 이천이라고 하는데, 그 산빛이 희었다. 산에 들어가니 수많은 단풍나무가 붉게 물들어 가고 있었다. 싸리나무, 느릅나무, 녹나무 등은 모두 서리를 맞아 노랗게 되었으나 삼나무와 전나무는 더욱 푸르렀다. 그 밖에 사철나무가 많았으며, 산속의 기이한 나뭇잎들이 모두 누렇고 붉었다. 둘러보며 즐기다 가마를 멘 스님에게 물었다.

"이 산속에 혹시 도술에 통달한 이상한 스님이 있는가요? 더불어 노닐고 싶소."

"그런 스님은 없고 선암에 벽곡辟穀*하는 사람이 있다고 들었습니다. 영남에서 온 선비라 하는데, 알 수 없습니다. 선암에 이르는 길이 험해서 그곳까지 가 본 사람이 없답니다."

밤중에 장안사에 앉아 여러 스님에게 물었지만 모두 같은 대답을 했다. 또 "벽곡하는 사람이 백 일을 채우면 떠난다고 하는데, 이제 거의 구십 일은 되었습니다" 했다. 나는 그이가 아마도 신선이겠지 싶어 매우 기뻤다. 밤에라도 곧장 찾아가고 싶었다.

이튿날 아침, 진주담 밑에 앉아 같이 놀러 온 친구들을 기다렸다. 오랫동안 사방을 둘러보았지만 모두 약속을 어기고 오지 않았다. 공교롭게도 관찰사가 고을을 순행하는 길에 금강산까지 들어와 여러 절에 묵으며 노닐고 있었다. 수령들이 모두 찾아와 음식을 장만하고, 나가 놀 때마다 따르는 스님이 백여 명이나 되었다. 게다가 선암까지 이르는 길이 높고 험해서 나 혼자는 갈 수 없었으므로, 늘 영원암과 백탑 사이만 오가며 마음이 서운했다. 마침 비가 오래 내려 산속에서 엿새나 머문 뒤에야 선암에 이르게 되었다.

선암은 수미봉 아래 있었다. 내원통에서 이십여 리를 가면 천 길이나 되는 커다란 바위가 깎은 듯이 서 있는데, 길이 끊어져 있어 쇠사슬을 잡고 공중에 매달려서 올라갔다. 그곳에 이르러 보니 빈 뜰에 새 울음소리도 들리지 않았다. 길고 좁은 평상 위에는 조그만 구리 부처가 놓여 있고, 그 앞에는 신 두 짝만이 있었다. 나는

---

* 벽곡 곡식은 먹지 않고 솔잎, 대추, 밤 등만 날로 조금씩 먹는 것

못내 섭섭해 어정거리며 한참이나 바라보다가, 바위 벽에 이름을 쓰고 한숨을 내쉬며 떠났다. 거기는 언제나 구름이 감돌고 있었고 바람조차 쓸쓸했다.

어떤 이는 "신선[仙]이란 산에 사는 사람"이라 했고, 또 어떤 이는 "산속으로 들어가는 게 바로 신선[仚]"이라 했다. 선儒이란 춤추 듯 가벼이 공중으로 들려 올라간다는 뜻이니만큼, 벽곡하는 자라도 반드시 신선은 아닐 것이다. 뜻을 얻지 못해 울적한 자가 바로 신선이리라.

광문자전

廣文者傳

광문은 비렁뱅이다. 그는 예전부터 종루 시장 바닥을 돌아다니며 밥을 빌었다. 길거리의 비렁뱅이 아이들이 광문을 두목으로 추대해 자기들 보금자리인 움막을 지키게 했다.

하루는 날씨가 춥고 진눈깨비가 흩날리는데, 여러 아이가 서로를 이끌며 밥을 빌러 나가고 한 아이만 병에 걸려 따라가지 못했다. 얼마 뒤 그 아이가 더욱 추워하더니 신음 소리마저 아주 구슬퍼졌다. 광문이 그를 매우 불쌍히 여겨 직접 구걸하러 나가 밥을 얻었다. 병든 아이에게 먹이려고 했지만, 아이는 벌써 죽고 말았다.

아이들이 돌아와서는 광문이 그 아이를 죽였다고 의심했다. 서로 의논해 광문을 두들겨 내쫓았다. 광문은 밤중에 엉금엉금 기어 마을의 어느 집에 들어갔는데, 놀란 그 집 개가 몹시 짖었다. 집주인이 광문을 잡아 묶자 광문이 이렇게 외쳤다.

"나는 원수를 피해서 온 놈이에요. 도둑질할 뜻은 없습니다. 영감님이 내 말을 믿지 않는다면, 아침나절에 종루 시장 바닥에서 밝혀드리겠어요."

그의 말씨가 순박했으므로 주인 영감도 마음속으로 광문이 도둑이 아니라고 생각했다. 그래서 새벽에 풀어 주었다. 광문은 고맙다고 인사한 뒤 거적때기를 얻어 가지고 갔다. 주인 영감이 끝내 그를 괴이하게 여겨 뒤를 밟았다. 마침 거지 아이들이 한 시체를 끌며 수표교에 이르더니 시체를 다리 아래 던지는 것이 보였다. 광문이 다리 밑에 숨었다가 그 시체를 거적때기에 쌌다. 남몰래 지고 가서 문밖 무덤 사이에 묻고 나서는, 울면서 뭐라고 중얼거렸다.

집주인이 광문을 잡고서 그 영문을 물었다. 광문이 그제야 앞서 있던 일과 어제 한 일들을 다 말해 주었다. 광문을 의롭게 여긴 주인 영감은 그와 함께 집으로 돌아와 광문에게 옷을 주고 관대하게 대했다. 그리고 광문을 약방 부자에게 추천해 그 집에서 심부름하게 했다.

어느 날, 부자가 문밖을 나섰다가 자꾸만 돌아왔다. 그러고는 다시 방 안에 들어와 자물쇠를 살펴보고 문밖으로 나갔는데, 얼굴빛이 자못 불쾌한 듯했다. 돌아온 부자는 자물쇠를 자세히 보더니 깜짝 놀라 광문을 노려보았다. 무엇인가 말하려다 얼굴빛이 바뀌더니 그만두었다.

광문은 그 이유를 알 수 없었다. 날마다 잠자코 일했을 뿐이지,

감히 하직하고 떠나지도 못했다. 며칠이 지나자 부자의 처조카가 돈을 가지고 와서 부자에게 돌려주며 말했다.

"지난번 제가 아저씨께 돈을 꾸러 왔는데, 마침 아저씨가 계시지 않았어요. 그래서 스스로 방에 들어가 돈을 가져갔었지요. 아마 아저씨께서는 모르고 계셨을 것입니다."

그제야 부자는 매우 부끄러워하며 광문에게 사과했다.

"나는 소인이야. 이 일 때문에 점잖은 사람의 마음을 상하게 했네그려. 내 이제 자네를 볼 낯이 없네."

그러고는 자기의 모든 친구, 다른 부자나 큰 장사치들에게까지 '광문은 의로운 사람'이라고 두루 칭찬했다. 또 이르는 곳마다 임금의 친족 집, 고위 관리의 집에 다니는 이들에게 광문을 칭찬했다. 그들은 모두 밤마다 임금의 친족과 고위 관리의 베갯머리에서 광문의 이야기를 들려주었다. 그래서 몇 달 사이에 모든 사대부가 광문의 이름을 훌륭한 옛사람의 이름처럼 알게 되었다.

한양 사람들은 다들 "광문을 우대한 주인 영감이야말로 참으로 어질고 사람을 잘 알아보는 분이지" 하고 칭찬했고, 더욱이 "약방 부자야말로 정말 점잖은 사람이야"라고 칭찬했다.

이때 돈놀이꾼들은 대체로 머리 장식품이나 비취옥 구슬 따위, 옷과 그릇, 집·농장·종 등의 문서를 전당 잡고서 밑천을 계산해 빌려주었다. 그러나 광문은 남의 빚에 보증을 서면서도 전당 잡을 물건이 있는지 묻지 않았다. 천 냥도 대번에 승낙했다.

광문의 사람됨을 말한다면, 모습은 아주 더러웠고 말씨도 남을 움직이지 못했다. 입이 넓어서 두 주먹이 한꺼번에 드나들었다. 또 만석중놀이*를 잘하고, 철괴 춤*을 잘 추었다. 당시 아이들이 서로 헐뜯는 말로 유행한 것이 "너네 형이야말로 달문達文이지"였다. '달문'은 광문의 또 다른 이름이었다. 광문은 길에서 싸우는 이들을 만나면, 자기도 옷을 벗어젖히고 함께 싸웠다. 그러다 무슨 말인가 지껄이면서 머리를 숙이고 땅바닥에 금을 그었다. 마치 그들의 옳고 그름을 따지는 듯했다. 그러는 꼴을 보고서 시장 사람들이 모두 웃었다. 싸우던 자들 역시 웃다가 모두 흩어져버리곤 했다.

광문은 나이 마흔이 넘도록 변함없이 총각머리를 땋았다. 남들이 장가들기를 권하면, "대체로 아름다운 얼굴을 모두 좋아하는 법이지요. 그런데 사내만 그런 게 아니라 여인네도 그렇거든요. 그러니 나처럼 못생긴 놈이 어떻게 장가를 들겠습니까?" 했다. 남들이 살림을 차리라고 하면 이렇게 사양했다. "나는 부모도 없고 형제, 처자도 없으니 무엇으로 살림을 차리겠어요? 게다가 아침나절이면 노래 부르며 시장 바닥으로 들어갔다가 날이 저물면 부잣집 문턱 아래서 잠을 잡니다. 한양에 집이 팔만 채나 되니, 날마다 잠자는 집을 옮겨 다녀도 내가 죽을 때까지 다 돌아다닐 수 없을 정

---

* 만석중놀이 음력 4월 8일 부처님 오신 날에 공연하던 인형극. 만석중·사슴·용·잉어 등 인형에 줄을 매어 움직이며 이야기를 풀어 간다.
* 철괴 춤 걸인의 모습을 하고 있다는 신선 이철괴李鐵拐를 흉내 내어 추는 춤

도지요."

한양의 이름난 기생들은 모두 아리땁고 예쁘며 말쑥했다. 그러나 광문이 칭찬해 주지 않으면 한 푼어치 값도 나가지 못했다. 지난번에 우림아羽林兒와 각전各殿 별감, 부마도위駙馬都尉*를 시중드는 사람들이 소매를 휘저으며 유명한 기생 운심을 찾았다. 대청위에 술자리를 벌이고 비파를 뜯으며 운심의 춤을 즐기려고 했다. 그러나 운심은 일부러 시간을 끌며 춤을 추지 않으려 했다.

광문이 밤에 찾아가 대청 아래 서성거리더니 곧 들어가 그들의 윗자리에 서슴없이 앉았다. 비록 다 떨어진 옷차림에 창피한 행동이었지만 그의 뜻은 몹시 자유로웠다. 눈구석이 짓물러 눈곱이 낀 채로 술 취한 듯 트림하며, 양털 같은 그 머리로 뒤통수 한가운데 상투를 틀었다. 자리에 앉았던 사람들이 모두 깜짝 놀라서 서로 눈짓해 광문을 몰아내려 했다. 그러나 광문은 더 앞으로 다가앉아 무릎을 어루만지며 가락을 뽑고 콧노래로 장단을 맞추었다.

운심이 그제야 일어나서 옷을 갈아입고 광문을 위해 칼춤을 추었다. 사람들이 모두 기뻐하며 마침내 광문과 벗으로 사귀고 흩어졌다.

* 우림아, 각전, 부마도위 궁궐 호위를 맡은 근위병, 왕과 왕비, 임금의 사위

광문자전 뒷이야기

내 나이 열여덟 살 때 병을 앓았다. 그 시절 밤마다 우리 집의 오래된 종들을 불러서 세상의 기이한 이야기들을 물었는데, 그들의 이야기가 대부분 광문에 대한 일이었다.

나 또한 어렸을 적 그의 모습을 보았다. 아주 추하게 생겼다. 내가 마침 글짓기에 힘쓰던 중이었으므로 그의 이야기를 전傳으로 지어 여러 어른께 돌려 보였다. 나는 하루아침에 문장을 잘 짓는 사람이라고 크게 칭찬받았다.

당시 광문은 호남과 영남의 여러 고을을 돌아다니고 있었다. 이르는 곳마다 소문이 났고, 서울로 다시 들어오지 않은 지가 수십 년이나 되었다.

한번은 바닷가의 거지 아이가 개령 수다사에서 밥을 빌어먹다, 밤중에 그 절의 중들이 광문의 이야기를 한가롭게 하는 것을 들었다. 모두가 광문의 사람됨을 사모하고 감탄하면서 그리워하자 그 아이는 눈물을 흘렸다. 다들 이상하게 여기며 까닭을 물었더니 목멘 소리로 자기가 광문의 아들이라고 밝혔다.

절의 중들이 모두 깜짝 놀랐다. 그 전에는 바가지에다 밥을 주더니, 광문의 아들이란 말을 들은 뒤부터는 사발을 씻어 밥을 담아 주었다. 숟갈과 젓가락에 나물과 장까지 갖추어서 소반에 받쳐 내왔다.

그 무렵 영남에 몰래 역적질을 꾀하던 요망스러운 자가 있었다. 그자는 거지 아이가 이처럼 잘 대접받는 것을 보고, 이를 이용해 사람들을 속이자고 생각했다. 그래서 그 아이를 몰래 꾀며 "네가 나를 작은아버지라고 부르면 부귀를 얻을 수 있단다" 했다. 자신은 광문의 아우로 행세하며 이름도 광문과 항렬을 맞추어 광손이라고 했다.

어떤 사람들이 "광문은 제 성도 모르고 평생 형제나 처첩도 없었는데 어디서 갑자기 장성한 아우와 아들이 나왔느냐?" 하고 의심해, 드디어 관가에 고발했다. 관가에서는 모두 잡아들였다. 심문을 하고 대질도 시켰더니 광문과는 서로 얼굴도 알지 못하는 사이였다. 이에 그 요망한 자는 목을 베고 거지 아이는 귀양을 보냈다.

광문이 옥에서 풀려나자 늙은이와 젊은이들이 모두 그를 보러 가는 바람에 한양이 며칠 텅 비었다.

광문이 표철주를 가리키며 "너는 사람 잘 치던 표망둥이가 아니냐? 이제는 늙어서 기운을 못 쓰는구나" 했다. 망둥이는 표철주의 별명이다. 이어서 서로의 노고를 위로했다.

광문이 "영성군이랑 풍원군*이랑 모두들 무고한가?" 물었더니 표철주가 "벌써 다 세상을 떠났다네" 했다.

---

* 영성군, 풍원군 영성군은 암행어사로 유명한 박문수, 풍원군은 영조 때 탕평책을 지지한 조현명이다.

"김경방은 무슨 벼슬을 하고 있나?" 물었더니 "용호장*이라네"
했다. 광문이 말했다.

"그자는 잘생긴 사내였지. 몸은 비록 살이 쪘지만 기생을 껴안
고 담도 뛰어넘으며 돈을 흙처럼 썼었지. 이제는 귀한 사람이 되었
으니 만나지도 못하겠구나. 분단이는 어디로 갔나?"

"벌써 죽었다네."

광문이 탄식하며 말했다.

"옛날에 풍원군이 기린각에서 밤잔치를 치르고 분단이만 붙들
어 재운 적이 있었지. 새벽에 일어나 대궐로 들어가려는데, 분단이
촛불을 잡고 있다가 그만 실수로 담비 털가죽 모자를 태웠다네. 분
단이 황공해서 어쩔 줄 모르자 풍원군이 웃으며 '부끄러우냐?' 하
더니, 부끄러움을 풀라면서 오백 냥을 주었지.

나는 그때 너울과 여벌 옷을 싸 가지고 난간 아래서 시커먼 귀
신처럼 기다리고 있었거든. 풍원군이 지게문을 열고 침을 뱉다가
분단에게 몸을 기대며 귓속말로 '저 시커먼 게 무어냐?' 하고 묻더
군. 분단이 '천하에 누가 광문을 모른답니까?' 하니, 풍원군이 웃으
며 '네 뒷전을 봐주는 놈이구나' 하고 나를 불러서 커다란 술잔에
술을 하나 가득 따라 주더라고. 자기도 홍로紅露 소주를 일곱 잔이
나 마시고는 초헌軺軒을 타고 가버렸다네. 이제는 다 옛날 일이 되

* 용호장   임금을 호위하는 용호영의 정3품 벼슬

77

고 말았지. 한양의 고운 계집으로는 누가 가장 이름이 났나?"

"작은아기라네."

"조방助房*은 누군가?"

"최박만일세."

"아침나절 상고당尙古堂*에서 사람을 보내 안부를 묻더군. 들으니 원교 아래로 이사 갔다지? 마루 앞에 서 있는 벽오동나무 아래서 직접 차를 끓이며 철돌에게 거문고를 타게 한다던데."

"철돌이 형제가 한창 이름 날리고 있다네."

"그래, 그 애들이 김정칠의 아들이었지? 내가 그 어른과 친하게 지냈지" 하고는 다시금 서운한 기색으로 한참 있다가 "이게 모두 내가 떠난 뒤의 일들이군" 했다.

광문의 머리털은 빠지고 쥐꼬리만 하게 땋아 늘였으며, 이가 빠지고 입이 오므라들어 주먹을 넣을 수도 없었다고 한다.

광문이 표철주에게 "자네도 늙었으니 어떻게 먹고사나?" 물으니, "집안이 가난해서 집주릅*노릇을 한다네" 했다.

"자네도 이제 다 되었구먼. 아아, 예전엔 자네 집 재산이 수만 냥이어서 자네를 황금 투구라고 불렀지. 지금 그 투구는 어디 있나?"

* 조방 기생의 영업을 돕는 사람
* 상고당 조선 후기 서화가 김광수의 호. 골동품 수집으로 유명하다.
* 집주릅 집 흥정 붙이는 일을 하는 사람

"이제는 나도 세상 물정을 알게 되었다네."

광문은 웃으며 "자네야말로 재주를 배우자마자 눈이 어두워진 셈일세그려" 했다.

그 뒤 광문이 어떻게 되었는지는 모른다 한다.

우상전

虞裳傳

일본의 관백關白*이 새로 정권을 잡은 때였다. 그는 저축을 늘리고 건물을 수리했으며, 선박을 손질하고 속국의 섬들을 깎아 자기 소유로 만들었다.

그 밖에도 기이한 재주, 검술, 술수, 기술, 글씨와 그림, 문학 같은 여러 분야의 인물들을 서울로 모아들여 훈련시키고 계획을 갖추었다. 그렇게 한 지 몇 년 뒤에야 우리나라에 사신을 파견해 달라고 요청했는데, 마치 상국上國의 조명詔命*을 기다리는 것처럼 공손했다.

우리 조정에서는 문신 가운데 삼품 이하를 뽑아 삼사三使*를 갖추어 보냈다. 이들을 수행하는 사람도 모두 말 잘하고 많이 아는

---

* 관백 천황을 대신해 나라를 다스리는 쇼군을 가리킨다.
* 조명 임금의 명령을 백성에게 알리기 위해 적은 문서
* 삼사 일본에 파견하던 세 사신. 통신사, 부사, 종사관을 이른다.

자였다. 천문·지리·산수·점술·의술·관상·무력에서부터 퉁소 잘 부는 사람, 술 잘 마시는 사람, 장기나 바둑을 잘 두는 사람, 말을 잘 타거나 활을 잘 쏘는 사람에 이르기까지, 한 가지 기술로 나라 안에서 이름난 사람들은 함께 따라가게 되었다. 이 가운데서도 문장과 글씨, 그림을 가장 중요하게 여기지 않을 수 없었다. 그들은 조선 사람의 작품에서 한 글자만 얻어도 양식을 꾸리지 않고 천 리 길을 갈 수 있었기 때문이다.

그들이 사는 집은 푸른 구리 기와로 지붕을 덮었고 무늬나 글씨를 새긴 돌로 층계를 쌓았다. 기둥이나 기둥 밖으로 돌아가며 깐 좁은 마루를 붉게 칠했고, 휘장을 화제火齊·말갈靺鞨·슬슬瑟瑟 등의 구슬로 꾸몄으며, 밥그릇도 금과 은을 입혔다. 사치스럽고 화려하며, 기괴하고도 고왔다. 천 리를 달려 가는 사이에 교묘한 것을 자주 설치했다. 심지어 쇠백정이나 역졸까지 평상에 걸터앉아 비자나무로 만든 통에 발을 담그고는, 꽃 저고리 입은 아이에게 발을 씻기라고 시켰다.

왜놈들이 허영심에 날뛰는 모습이 대체로 이러했다. 그러다가도 우리나라 역관譯官이 호랑이 가죽이나 족제비 가죽, 인삼처럼 금지된 물품을 남몰래 아름다운 구슬이나 보배로운 칼로 바꾸려 한다든지, 거간꾼들이 이익을 남기려고 필사적으로 재물을 탐내면 겉으로는 존경하는 척하지만 다시는 선비로 대우해 주지 않았다.

우상虞裳*은 중국어 역관으로 따라갔으나 특히 문장으로 일본에 명성을 떨쳤다. 일본의 이름난 스님이나 귀족 들이 모두 "운아선생雲我先生이야말로 둘도 없는 나라의 뛰어난 선비[國士]다" 하고 칭찬했다. 대판* 동쪽에는 스님이 기생처럼 많고 사찰이 여관집처럼 늘어섰는데, 우상더러 시나 문장을 지어 달라고 재촉하는 모습이 마치 도박하는 것 같았다. 무늬 박힌 종이나 시 적는 두루마리를 우상에게 다투어 바쳐 평상과 책상에 무더기로 쌓였다.

모두 어려운 제목이나 힘든 시운詩韻을 불러 그를 궁지에 빠뜨리려 했지만, 그는 늘 순식간에 입으로 글을 불렀다. 마치 평소에 구상해 둔 것처럼 재빨리 지을뿐더러, 운을 단 것도 모두 순조롭고 찬찬하고 조리 있었다. 글 잔치가 끝난 뒤에도 지친 빛이 없었으며 초라한 문장을 내보인 적도 없었다. 그가 지은 〈해람편海覽篇〉은 이렇다.

이 땅덩이 안 여러 나라가

바둑알처럼 별처럼 펼쳐져,

월나라에선 주먹상투

천축국에선 머릴 깎는다네.

---

* 우상 조선 후기의 역관이자 시인 이언진의 자字. 많은 시를 썼으나 죽기 전 불살라 버려 300여 편만 전한다.
* 대판 일본 오사카

제齊와 노魯에선 겨드랑이 합쳐 꿰맨 옷 입고

호胡와 맥貊에선 털옷 입으니,

깨끗하고 아담한 그 차림

시끄럽게 지껄이는 그 소리.

그들을 끼리끼리 나누고 모은다면

온 누리가 모두 그런 사람들.

일본이 나라 이룬 그곳은

물결이 솟아나며 출렁이는 곳일세.

그 숲은 뽕나무요

그곳은 해 뜨는 땅이니,

아낙네들은 무늬 비단 길쌈하고

땅에선 귤과 유자가 난다네.

고기 가운데 기괴하니 낙지요

나무 가운데 괴이하니 소철일세.

수호산과 아름다운 들판이

별자리처럼 차례로 널려 있네.

남녘과 북녘의 봄가을이 다르고

동녘과 서녘의 밤낮도 바뀐다네.

그 중심은 엎은 대야 닮았고

텅 빈 굴속엔 해묵은 눈이 있네.

소를 덮는 큰 나무에

까치가 쪼아 만든 옥이 아름다워라.

단사와 황금과 구리는

모두 산속에서 자주 난다네.

대판은 큰 도회지라

온갖 보물을 간직했네.

(빛나는 건 주제현에서 난 순은이고

둥근 건 말갈에서 가져온 보석,

붉은 것과 푸른 것들에

화제 구슬도 곱게 비치네.)[*]

기이한 향내 나는 용연향을 태우고

보석은 청록색 아골을 쌓았구나.

상아는 입속에서 뽑았고

무소뿔은 머리 위에서 끊어 냈지.

페르시아 오랑캐 눈이 휘둥그레지고

절강의 큰 시장도 그 빛을 잃었구나.

(수레가 물러가도 또 줄지어 오니

거간꾼만도 천여 명이라네.)

바다로 둘러싸인 육지 속에 또 바다가 있어

---

* (빛나는 건~곱게 비치네) 괄호 속 구절은 《연암집》에 없어 조희룡의 《호산외기》에서 보충했다.

그 가운데서 삼라만상이 살아 움직이네.

후어 등엔 돛 펼친 배가 떴고

추어 꼬리에선 깃발이 펄럭이네.

굴이 엉켜 높은 보루에 집 짓고

힘센 거북이 굴을 지키네.

갑자기 산호바다가 되어

도깨비불 환하게 타오르고

갑자기 푸른 바다가 되어

구름 노을 곱게 비치네.

갑자기 수은 바다가 되어

수많은 별 흩어지고,

갑자기 온 둘레 물들이니

비단 천 필 눈부시게 펼쳐졌네.

갑자기 큰 도가니 되어

오색 금빛 다 발하더니,

용이 하늘 쪼개며 날아오르자

온갖 번개와 천둥이 부딪치네.

(동쪽 구름에선 비늘과 발톱이 번득이고

서쪽 구름에선 팔다리 마디가 드러나네.)

머리가 휘늘어진 드렁허리와 꼬막은

그윽하고 괴이해 절로 황홀해라.

그 백성들 발가숭이에 갓만 썼는데

바깥 모습은 쏘는 벌레요, 속은 전갈이라.

일 만나면 들끓다가

남 해칠 땐 교활하네.

이문 남기려 서로 쏘고

조금만 성나도 돼지처럼 부딪치네.

아낙네들은 농지거리 일삼고

아이놈들은 기계 만들어,

조상 내버리고 귀신에 빠지며

죽이기 좋아하면서도 부처를 섬기누나.

글씨라고 보면 새 발자국 같고

말소리도 때까치 지저귐 같아라.

암수래야 사슴 떼 같고

벗이래야 물고기 떼 같아,

말이라고 하는 게 새 지껄이듯

통역하는 나 자신도 다 모르겠네.

풀과 나무들 기괴하니

나함羅含이 자기 책을 태웠고,

온갖 물줄기 모여드니

역생酈生[*] 도 항아리 속 하루살이일세.

남다른 물고기들은

사급思及이 신비로운 그림으로 설명했고,

칼에 새긴 글자들은

정백貞白*이 뒤이어 다시 기록했지.

땅이 둥글다는 게 그른지 옳은지

섬들의 갑과 을이 어떤지는

서양 사람 이마두利瑪竇*가

실을 짜듯 칼로 베듯 설명했지.

하찮은 몸이 이 시를 지으니

말은 속될망정 이치는 진실해라.

이웃에게 커다란 꾀 있으니

관계 맺어 평화를 잃지 마소.

우상이야말로 어찌 '나라의 명예를 빛낸 사람'이 아니겠는가?

신종神宗 만력萬曆 임진년(1592)에 왜놈 추장 풍신수길이 남몰래

---

* 나함, 역생 나함은 중국 진나라 사람으로 상수 지역의 산과 물에 관한 책을 썼다.
  역생은 중국 북위의 지리학자 역도원酈道元이다. 각지의 수로와 그 주변의 지리적
  상황, 역사적 사건, 풍물 등을 담은 《수경주》를 지었다.

* 사급, 정백 사급은 중국어로 세계지리서를 지은 이탈리아 선교사 줄리오 알레니
  Giulio Aleni다. 정백은 중국 남조의 학자 도홍경陶弘景으로, 검에 관한 책 《고금도
  검록》을 썼다.

* 이마두 이탈리아 선교사 마테오 리치Matteo Ricci. 중국에 포교하기 위해 서양의
  학술을 중국어로 번역했다. 그중 하나가 세계지도 위에 천문학·지리학적 설명을 더
  한 《곤여만국전도》다.

군사를 이끌고 우리나라에 쳐들어와 우리의 세 도읍을 짓밟고, 동포들의 코를 베어 욕보였으며, 그들의 철쭉과 동백을 삼한 땅에 옮겨 심었다. 소경대왕昭敬大王은 의주로 피란 가서서 명나라 황제께 아뢰었다. 황제께서도 놀라시어 천하의 군대를 징발해 동쪽을 구원하게 하셨다. 대장군 이여송李如松과 제독 진린·마귀·유정·양원 등은 모두 옛 명장의 기풍이 있었고, 어사 양호·만세덕·형개 등은 문무의 재주를 겸했으며 전략이 귀신을 놀라게 할 만했다. 그들의 군사는 모두 진·봉·섬·절·운·등·귀·내 등의 고을에서 뽑아 왔는데, 말도 잘 타고 활도 잘 쏘는 무사들이었다. 대장군의 집에서 심부름하는 아이 천여 명도 유·계 고을의 검객이었다. 그러나 군사력이 왜적과 거의 같아서 겨우 놈들을 우리 국경에서 몰아냈을 뿐이었다.

그 뒤 수백 년간 사신들의 행차가 여러 번 강호江戶*에 이르렀다. 하지만 체면이나 차리고 사신의 일만 엄격히 하느라 왜놈들의 지방 풍속을 읊은 노래·인물·요새·강약 등의 정세는 끝내 털끝만큼도 정탐하지 못했다. 빈손으로 돌아오고야 말았다.

우상의 힘은 부드러운 붓끝에 지나지 않았다. 그러나 그는 온몸의 정수를 뽑아내 물나라 만 리 밖 도읍의 나무를 죽이고 시냇물을 말렸다. 그야말로 '붓끝으로 산천을 뽑았다' 해도 옳을 것이다.

* 강호 일본 에도. 지금의 도쿄다.

우상의 이름은 상조湘藻다. 그는 일찍이 자기의 초상화에 이렇게
썼다.

> 공봉供奉 백白과 업후鄴侯 필泌에다가
> 철괴를 합쳐 창기滄起가 되었구나.[*]
> 옛 시인 옛 선인 옛 산인이
> 모두 이 씨 성이로구나.

 이 씨는 그의 성이고, 창기는 그의 호다. 대체로 선비란 자기를
알아주는 사람에게는 뜻을 펼 수 있지만 자기를 몰라주는 사람에
게는 뜻을 펴지 못하는 법이다. 교청이나 뜸부기 따위는 새들 가운
데 하찮은 존재이나, 자신의 날개와 깃털을 사랑해 물 위에 그림자
를 비추며 섰다가 한 바퀴를 날아다닌 뒤에야 모인다. 그러니 사람
이 문장을 지녔다면 어찌 저 새의 날개나 깃털의 아름다움에 그치
겠는가.
 옛날 경경慶卿[*]이 한밤에 검술을 논하자 합섭蓋聶이 눈을 부릅
뜨고 바라보았다. 고점리高漸離가 축筑을 치자 형가荊軻는 노래를

---

[*] 공봉 백과~창기가 되었구나 당나라 시인 이백李白은 글을 지어 한림원 공봉이 되
  었다. 업후 필과 신선 철괴도 성이 이 씨다.
[*] 경경 진시황을 암살하려 했던 자객 형가. 합섭이 성내며 자신을 노려보니 그 길로
  나가버렸다. 이후 연나라에서 축 잘 치는 고점리와 만나 친구가 되었다.

불러 화답하더니 한참 뒤 곁에 사람이 없는 것처럼 서로 울었다. 대체로 즐거움이 극도에 달했을 때 다시 우는 건 무슨 까닭일까? 마음속으로 감격해 그 슬픔이 어디서 오는지 알지 못하기 때문이다. 그 사람에게 직접 물어본다 해도 그 또한 무슨 마음에서 그렇게 되었는지 알 수가 없다. 그렇다면 사람이 문장으로 서로 존중하는 것이 어찌 저 구구한 검객들의 한 기술에 그칠까 보냐. 우상도 불우한 자인가? 그의 글은 어찌 그리 슬픈가.

불그레한 닭 벼슬은

갓처럼 높다랗고

늘어진 소 턱 밑은

전대처럼 벌름거리네.

이거야 집에서 늘 보던 것이니

하나도 기이할 게 없건마는,

크게 놀랍고도 괴이하구나

낙타의 우뚝 솟은 저 등마루는.

우상도 자기 문장이 평범치 않음을 일찍이 알았다. 병이 깊어 죽게 되자 자신의 원고를 모두 불태워버렸다. "누가 다시 이 글을 알아주겠는가" 했으니, 그의 뜻이 어찌 슬프지 않으랴?

공자가 말하기를, "재주는 얻기 어렵다 했으니, 어찌 그렇지 않겠느냐? 관중의 그릇이 조그맣구나" 했다. 자공子貢이 "그렇다면 저는 무슨 그릇입니까?" 물었다. 공자가 "너는 호련瑚璉*이다" 했다. 제자인 자공을 아름답게 여기면서도 낮게 평가한 것이다.

그러므로 덕을 비유한다면 그릇이요, 재주는 물건이라 할 수 있다. 《시경》에 이르기를 "아름다운 옥잔이여, 누런 술이 차 있구나" 했고, 《주역》에서는 "세발솥이 발 꺾이니, 그 음식이 엎어지네" 했다. 덕만 있고 재주가 없으면 그 덕은 빈 그릇이 된다. 재주만 있고 덕이 없으면 그 재주를 담을 곳이 없을뿐더러, 그 그릇이 얕으면 넘치기 쉽다. 사람이 하늘과 땅 사이에 끼어들어 삼재三才가 되었으므로 귀신이 재주라면 천지는 커다란 그릇이리라. 지나치게 조촐한 자는 복이 붙을 곳이 없으며, 남의 형편을 잘 엿보는 자에게는 사람이 붙지 않는 법이다.

문장은 천하의 지극한 보물이다. 조화의 기틀을 발견하며, 형체도 없는 곳에서 숨은 진리를 더듬어 찾아낸다. 그러니 음양陰陽을 누설하면 귀신이 분노할 것이다. 대체로 사람은 나무가 재목[材]이 될 만하면 베어 낼 생각을 한다. 조개가 재물[財]이 될 만해도 빼앗을 생각을 한다. 그러므로 재才라는 글자의 모습은 안으로 삐칠망정 바깥으로 드날리진 않는 법이다.

우상은 일개 통역관이니만큼, 나라 안에 있을 때는 그의 명예가

---

* 호련   제사할 때 종묘에 바치는 그릇. 곡식 중 기장과 피를 담는다.

거리에 드날리지 않았다. 사대부들도 그의 얼굴을 알지 못했다. 그러다 하루아침에 그의 이름이 해외 만 리 먼 나라에 알려지고, 그의 몸은 온갖 물고기의 집에 드나들게 되었다. 손으로는 해와 달을 목욕시키고, 기운은 무지개처럼 뻗쳤다. 그러므로 《주역》에 이르기를 "물건 간직하는 데 소홀하면 도둑질을 가르치는 것과 마찬가지다" 했다. 물고기는 깊은 물을 벗어나면 안 되고, 보배로운 그릇도 남에게 내보여서는 안 된다. 어찌 경계할 바가 아니겠는가?

그는 승본해勝本海를 지나며 이런 시를 지었다.

오랑캐들 발 벗어 도깨비 모습을 하고

오리 빛깔 옷 등에는 별과 달을 그렸구나.

색동저고리 입은 계집애가 문밖으로 달려 나가는데

머리 빗다 끝내지 못해 머리칼이 뭉쳤구나.

아이 울어 목이 쉬니 유모가 젖 먹이는데

손으로 등을 쳐서 목소리 껄떡이네.

얼마 뒤에 북을 치며 관가 사람* 오신다니

산부처라도 온 듯 수없이 모여드네.

벼슬아치 절하며 구슬을 바치니

소반 위에 산호와 큰 자개를 받쳤구나.

* 관가 사람   일본인들이 조선 사신을 일컫는 말

피차가 벙어리라 주인 손님 마주 앉아

눈치로 말 알아듣고 붓끝으로 혀를 놀리네.

오랑캐 고을에도 정원 취미가 있어

종려나무와 파란 귤을 뜰에 심었구나.

배 안에서 치질로 앓아누워 매남노사梅南老師[*]의 말을 생각하며 시를 지었다.

공자의 도와 석가모니의 가르침이

이 세상을 바로잡아 해와 달처럼 밝았어라.

서양 사람들 오인도五印度[*]에 가 보니

과거에도 현재에도 부처 하나 없었네.

선비 집에도 이런 장사치가 없지는 않아

붓끝이나 놀리면서 신기롭게 말하다가,

털 헤치고 뿔 솟은 채 지옥에 떨어지니

이 몸이 주검 된 것도 인간의 법률을 속인 탓이네.

독살스러운 그 불꽃이 동해까지 미치니

절이 날로 늘어 도시와 시골에 줄지어 섰어라.

* 매남노사   조희룡의 《호산외기》에는 조선 후기 서예가이자 실학자인 이용휴李用休
로 나와 있다.
* 오인도   고대 인도를 다섯으로 나눈 정치적 구획. 오천축이라고도 한다.

어리숙한 섬나라 백성들 화복이 두려워

향 태우고 쌀 바치기에 쉴 틈도 없었다네.

(부처를 섬긴다며 하지 말라는 짓만 하니 부처도 미워하겠네.

물고기와 자라를 발라내고 멋대로 죽이니.)

비유컨대 남의 아들을 죽이고

그 부모를 모셔 받든다고 누가 기뻐하랴.

여섯 경서[六經] 하늘 높이 이름 드날리는데

이 나라 사람들은 그저 까막눈일세.

해 돋는 곳 해 지는 곳 이치 다름없으리니

따르면 성인이요, 어기면 악인 되네.

스승님 주신 말씀 뭇사람에게 전하고자

이 시를 지어 읊어 목탁을 울리노라.

시 두 편이 모두 전할 만한 작품이다. 그가 앞서 지나왔던 곳을 돌아가는 길에 다시 들르자, 이 시들이 벌써 책으로 나왔다 한다.

나는 우상과 만난 적이 한 번도 없다. 하지만 그는 여러 번 다른 사람을 통해 자기 시를 나에게 보여 주면서 "오직 이 사람만이 나를 알아줄 수 있을 거야" 했다. 나는 시를 가지고 온 사람에게 장난 삼아 "이건 오농세타吳儂細唾* 야. 너무 자질구레해서 보잘것없어"

---

* 오농세타 중국 오나라 지방의 간드러지고 부드러운 말

했다. 우상이 노해 "미친놈이 남의 약을 올리네" 하더니, 한참 후에 탄식하며 "내 어찌 이런 세상에서 오래 버틸 수 있으랴" 하고는 두어 줄기 눈물을 흘렸다. 나 또한 이 말을 듣고 슬퍼했다.

그런 뒤 얼마 되지 않아 우상이 죽었다. 그의 나이 스물일곱이었다. 우상의 집사람이 꿈속에서 보기를, 한 신선이 술에 취해 푸른 고래를 타고 가자 검은 구름이 드리웠는데 우상이 머리털을 풀어헤치고 그 뒤를 따르더니 얼마 후 죽었다고 한다. 또 어떤 사람은 우상이 신선이 되었다고도 했다.

아아, 슬프다. 내 일찍부터 혼자 마음속으로 그의 재주를 사랑했지만 '보잘것없다'는 말로 그 날카로운 기운을 꺾어버렸다. 우상의 나이가 젊으니까 차분히 글을 지어 이 세상에 전할 수 있으리라고 여겼던 것이다. 그러나 지금 와서 생각해 보니, 우상은 내가 자기를 좋아하지 않는다고 여긴 듯하다.

어떤 사람이 만사輓詞를 지어 그를 노래했다.[*]

아롱다롱 이상한 새가

지붕 위에 왔네.

뭇사람이 다투어 와서 구경하니

---

[*] 어떤 사람이~그를 노래했다 '어떤 사람'은 이용휴다. 박지원과 당파가 달라 이름을 밝히지 않았다. 만사는 죽은 이를 슬퍼하며 짓는 글이다.

놀라서 일어나 갑자기 자취를 감추었네.

그 둘째 노래는 이렇다.

까닭 없이 천금 생기면
그 집에 반드시 재앙 생기네.
하물며 세상에 보기 드문 이 보물을
어찌 오래 빌릴 수 있으랴.

그 셋째 노래는 이렇다.

하찮은 한낱 지아비라도
죽으면 사람 수가 줄어드네.
사람은 빗방울처럼 많다마는
이 사람의 죽음은 정말 애달파라.

그가 또 이렇게 노래했다.

그 사람 쓸개는 둥근 박 같고
그 사람 눈매는 밝은 달 같아라.
그 사람 팔뚝에는 귀신이 놀고

그 사람 붓끝에는 혀가 돋쳤네.

또 이렇게 노래했다.

남들은 아들에게 전하건만
우상은 그렇지 않아라.
혈기는 때가 있어 다했지만
높은 이름은 다함이 없으리라.

나는 우상을 한 번도 만나지 못해 늘 한스러웠다. 게다가 그가
문장을 불살라버려 남은 것이 없으니, 세상에 그를 알아주는 사람
이 더욱 없게 되었다. 그래서 상자 속에 간직하던 것을 털어, 지난
번 그가 내게 보여 준 시를 겨우 두어 편 찾아냈다. 이제 그 시들을
모두 써서 우상의 전기를 짓는다. 우상에게 아우가 있는데, 그 또
한 글을 잘 지었다.

호질

虎叱

〈호질〉은 박지원의 청나라 여행기 《열하일기》 중 〈관내정사〉 편에 실려 있다. 1780년 7월 28일 박지원은 심유붕沁由朋이라는 사람을 만났는데, 그와 이야기를 나누고 나오다가 벽 위에서 기이한 글 한 편을 발견한다. 심유붕에게 지은이를 물었으나, 그저 시장에서 사 왔다는 대답뿐이었다. 박지원은 글을 베껴 가도 되냐고 허락을 구한다. 심유붕이 무엇 때문에 그러느냐고 묻자 이렇게 답한다. "돌아가면 우리나라 사람들에게 한번 읽혀서 모두들 허리를 잡고 한바탕 웃게 하려는 거지요. 아마 이걸 읽는다면 입안에 든 밥알이 벌처럼 날아가고, 튼튼한 갓끈도 썩은 새끼줄처럼 끊어질 거요."

범은 착하고 성스러우며, 문무를 아울러 갖추었다. 인자하고 효성스러우며, 슬기롭고 어질다. 씩씩하고 날래며, 세차고 사나워서 그야말로 천하에 대적할 자가 없다.

그러나 비위狒胃는 범을 잡아먹고, 죽우竹牛도 범을 잡아먹는다. 박駁도 범을 잡아먹고, 오색 사자는 큰 나무가 선 산꼭대기에서 범을 잡아먹는다. 자백慈白도 범을 잡아먹고, 표견酈犬은 날면서 범과 표범을 잡아먹는다. 황요黃要는 범과 표범의 염통을 꺼내 먹는다. 활猾은 범과 표범에게 일부러 먹혔다가 그 배 속에서 간을 뜯어먹고, 추이酋耳는 범을 만나기만 하면 바로 찢어 먹는다. 범이 사나운 용을 만나면 눈을 꼭 감고 감히 뜨지도 못한다. 그런데 사람은 사나운 용을 두려워하지 않으면서도 범은 두려워하니, 범의 위세가 얼마나 엄한가.

범이 개를 먹으면 취하고 사람을 먹으면 조화를 부리게 된다.

한 번 사람을 먹으면 그 창귀倀鬼*는 굴각屈閣이 되어 범의 겨드랑이에 붙어산다. 굴각이 범을 남의 집 부엌으로 이끌어 범이 솥전*을 핥으면, 그 집주인은 갑자기 배고프다는 생각이 들어 한밤중이라도 아내에게 밥을 지으라고 한다.

범이 두 번째로 사람을 먹으면 그 창귀는 이올彝兀이 되어 범의 광대뼈에 붙어산다. 이올은 높은 데 올라가서 사냥꾼의 움직임을 살피는데, 만약 깊은 골짜기에 함정이나 덫이 있으면 먼저 가서 그 틀을 풀어놓는다. 범이 세 번째로 사람을 먹으면 그 창귀는 육혼鬻渾이 되어 범의 턱에 붙어산다. 육혼은 자기가 평소에 알던 친구들 이름을 자꾸만 불러 댄다.

하루는 범이 창귀들에게 분부를 내렸다.

"오늘도 해가 저무는구나. 어디서 먹을 것을 얻을까?"

굴각은 이렇게 말했다.

"제가 아까 점을 쳐 보았더니 뿔도 나지 않고, 날짐승도 아닌, 검은 머리를 한 놈이 나왔습니다. 눈 위에 발자국이 있는데 비틀비틀 성긴 걸음이었습니다. 뒤통수에 꼬리가 붙어 있고 꽁무니를 감추지 못하는 놈이었습니다."

이올은 이렇게 말했다.

---

* 창귀   범에게 물려 죽은 사람의 혼. 먹을 것이 있는 곳으로 범을 인도한다.
* 솥전   솥이 부뚜막에 걸리도록 솥 바깥에 둘러댄 부분

"동문東門에 먹을 것이 있는데, 이름은 의원醫員이라고 합니다. 그는 입에 온갖 풀을 머금어서 살과 고기가 향기롭습니다. 서문西門에도 먹을 것이 있는데, 이름은 무당巫堂이라고 합니다. 그는 온갖 귀신에게 아양 부리느라 날마다 목욕재계하기 때문에 고기가 깨끗합니다. 이 두 가지 가운데 골라서 잡수시지요."

범이 수염을 거꾸로 세우고 얼굴빛을 붉히며 말했다.

"병 고칠 의醫는 의심할 의疑다. 자기도 의심스러운 처방을 여러 사람에게 시험해서 해마다 남의 목숨을 끊은 자가 몇만이나 된다. 무당 무巫는 속일 무誣다. 귀신을 속이고 백성을 미혹시켜 해마다 남의 목숨을 끊은 자가 몇만이나 된다. 그래서 뭇사람의 노여움이 뼛속까지 스며들어 금빛 누에[金蠶]가 되었으니, 독이 있어 먹을 수 없다."

그러자 육혼이 이렇게 말했다.

"저 숲속에 어떤 고기가 있는데, 인자한 염통과 의로운 쓸개를 지녔습니다. 충성스러운 마음을 간직하고 순결한 지조를 품었으며, 머리에는 음악[樂]을 이고 발에는 예절[禮]을 신었습니다. 입으로는 백가百家*의 말을 외우며 마음속으로는 만물의 이치에 통달했으니, 그의 이름은 석덕지유碩德之儒, 즉 높은 덕을 지닌 선비라 합니다. 등살이 오붓하고 몸집이 기름져 다섯 가지 맛을 가지고 있

---

* 백가 여러 학설이나 주장을 내세우는 많은 학자

습니다."

범이 그제야 눈썹을 치켜세우고 침을 흘리다, 하늘을 쳐다보고 웃으며 "짐이 더 자세히 듣고 싶다" 했다. 창귀들이 다투어 범에게 추천했다.

"일음一陰 일양一陽을 도道라 하는데, 그 선비가 이를 꿰뚫었습니다. 오행五行이 서로 낳고 육기六氣*가 서로 조화를 이루는데, 그 선비가 이를 이끌어 줍니다. 그러니 먹는 것 가운데 이보다 더 맛있는 것은 없습니다."

범이 이 말을 듣고 문득 걱정스러운 낯빛을 하며 반갑지 않은 말투로 말했다.

"음양은 한 기운이 죽고 사는 것인데, 둘로 나뉘었으니 그 고기가 잡될 것이야. 오행도 제 바탕이 있어서 애당초 서로 낳는 것이 아닌데, 구태여 자식과 어미로 가르고 심지어 짜고 신맛까지 나누었으니 그 맛이 순하지 못할 거야. 육기도 제각기 행하는 것이라 남이 이끌어 주기를 기다릴 게 없다. 그런데 그들이 망령되게 재성보상財成輔相*이라 일컬으며 사사로이 자기 공을 세우려고 하니, 그런 고기를 먹다가는 너무 딱딱해서 체하거나 구역질 나지 않겠느냐?"

* 육기 음, 양, 바람, 비, 어둠, 밝음
* 재성보상 좋은 상태가 되도록 돕는다는 뜻

정鄭나라 어느 고을에 벼슬을 욕심내지 않는 선비 북곽선생北郭先生이 살고 있었다. 나이 마흔에 손수 교정한 책이 만 권이요, 아홉 가지 경서의 뜻을 부연해 다시 지은 책이 만 오천 권이나 되었다. 천자가 그의 의로움을 아름답게 여기고 제후들이 그의 이름을 사모했다.

그 고을 동쪽에는 동리자東里子라는 아름다운 청춘과부가 살았다. 천자가 그의 절개를 갸륵히 여기고 제후들도 그의 어진 마음을 흠모했다. 그래서 그 고을 사방 몇 리의 땅을 봉해 '동리과부지려東里寡婦之閭'라고 했다. 동리자는 이렇게 수절 잘하는 과부였지만, 저마다 다른 성을 지닌 다섯 아들을 두었다.

어느 날 밤 그 아들 다섯 놈이 "강 북편에는 닭 울음소리, 강 남쪽에는 별이 반짝이네. 방 안에서 소리가 나니, 모습이 어찌 북곽선생과 아주 비슷한가?" 하고 번갈아 문틈을 들여다보았다.

이때 동리자가 북곽선생에게 "오랫동안 선생의 덕을 연모했습니다. 오늘 밤에는 선생께서 글 읽으시는 음성을 듣고 싶습니다"라고 청했다. 북곽선생이 옷깃을 가다듬고 꿇어앉아 시를 읊었다.

병풍에는 원앙새 있고
반딧불은 반짝이네.
가마솥과 세발솥은
무얼 본떠 만들었나.*

흥겨워라.

다섯 아들이 서로 이렇게 말했다.

"《예기》에 이르기를 '과부 집 문에는 함부로 들어서지 않는다' 했는데, 북곽선생은 어진 분이거든."

"내가 들으니 이 고을 성문이 헐어서 여우가 구멍을 냈다고 하던데."

"내가 들으니 여우가 천 년을 묵으면 조화를 부려 사람 흉내를 낸다 하던데, 그놈이 반드시 북곽선생을 흉내 낸 걸 거야."

그들이 서로 이렇게 의논했다.

"여우의 갓을 얻은 자는 천금 부자가 되고, 여우의 신을 얻은 자는 대낮에 그림자를 감출 수 있으며, 여우의 꼬리를 얻은 자는 사랑받기에 누구든 그를 좋아한다니, 우리가 저 여우를 잡아 죽여 나누어 가지는 게 어떨까?"

다섯 아이가 한꺼번에 어머니의 방을 에워싸고 들이닥쳤다. 북곽선생이 크게 놀라 달아나는데, 남들이 혹시라도 제 얼굴을 알아볼까 두려워 한 다리를 비틀어 목덜미에 얹고 도깨비처럼 춤추고 웃으며 문밖을 나갔다. 뛰어가다 그만 벌판 구덩이에 빠졌다. 그

---

* 가마솥과 세발솥은 무얼 본떠 만들었나 성이 다른 다섯 아들을 서로 다른 모양의 솥에 빗댄 것이다.

속에는 똥이 가득 차 있었다. 간신히 붙잡고 올라와 목을 내밀고 바라보니 이번에는 범이 길을 가로막았다.

범이 이맛살을 찌푸리며 구역질하다, 코를 막고 머리를 왼쪽으로 돌리며 "에이쿠, 그 선비가 구리구나" 하고 혀를 찼다.

북곽선생이 머리를 조아리며 앞으로 엉금엉금 기어 나왔다. 세 번 절하고 꿇어앉아 고개를 쳐들고 이렇게 여쭈었다.

"범님의 덕이야말로 참으로 지극하십니다. 대인大人은 그 변화를 본받고, 제왕은 그 걸음을 배웁니다. 남의 아들 된 자들은 그 효성을 법으로 삼고, 장수는 그 위엄을 취합니다. 그 거룩한 이름이 신룡神龍과 짝이 되어 한 분은 바람을 일으키고 한 분은 구름을 일으키시니, 저처럼 낮은 땅[下土]의 천한 신하는 감히 그 바람 아래 서옵니다."

그러나 범은 이 말을 듣고 꾸짖었다.

"앞으로 가까이 오지 마라. 내 지난번에 들으니 선비 유儒는 아첨할 유諛라 하던데 과연 그렇구나. 평소에는 천하의 나쁜 이름을 모두 모아 망령되이 내게 덧붙이더니, 이제 다급하니까 낯간지럽게 아첨하는구나. 그 말을 누가 곧이듣겠느냐? 대개 천하의 이치는 한 가지다. 범의 성품이 악하다면 사람의 성품도 악할 것이요, 사람의 성품이 선하다면 범의 성품도 선할 것이다.

너희가 하는 천만 가지 말은 모두 오상五常을 떠나지 않고, 경계하고 권하는 것은 언제나 사강四綱*에 있다. 하지만 서울이나 고을

에서 코 베이고 발 잘리며 얼굴에 죄인이라는 글자를 먹으로 새긴 채 돌아다니는 자들은 모두 오륜에 순종치 않은 사람이란 말야. 그럼에도 불구하고 밧줄이며 먹물 찍어 넣는 바늘이며 도끼며 톱 따위의 형벌 기구를 날마다 공급하기에 겨를이 없으니, 그 나쁜 짓을 막을 길이 없다.

그런데 범의 집에는 이러한 형벌이 없느니라. 이로 본다면 범의 성품이 사람보다 어질지 아니하냐? 범은 나무와 풀을 씹지 않고, 벌레나 물고기를 먹지 않으며, 안주 없이 마시는 술처럼 좋지 못한 것을 즐기지 않고, 젖이나 알처럼 자질구레한 것들은 차마 먹지 못한다. 산에 들어가면 노루와 사슴을 사냥하고 들판에 나가면 말과 소를 사냥하되, 입과 배를 채우려고 누를 끼치거나 음식 때문에 송사訟事를 일으킨 적이 아직 한 번도 없다. 범의 도道야말로 어찌 광명정대하지 않으랴.

너희는 범이 노루나 사슴을 먹으면 미워하지 않다가도, 말이나 소를 먹으면 원수라고 떠들어 대더구나. 노루와 사슴은 사람에게 은혜를 베풀지 않지만, 말이나 소는 너희에게 공이 있어서 그런 것 아니냐? 그러면서도 말이나 소가 태워 주고 일해 주는 공을 다 저버리고, 사랑하고 충성하는 생각까지 다 잊어버리며, 날마다 푸줏

---

* 오상, 사강 오상은 사람이 지켜야 할 다섯 가지 도리(인仁·의義·예禮·지智·신信)다. 《맹자》에서 말하는 오륜五倫을 가리킬 때도 있다. 사강은 사람을 규제하는 네 가지 도덕(예禮·의義·염廉·치恥)이다.

간이 미어지도록 이들을 죽이고 심지어 그 뿔과 갈기 하나도 남기지 않더구나. 게다가 노루와 사슴까지 토색질해 우리가 산에서 먹을 것이 없게 하고 들에서 끼니를 굶게 했다. 그러니 하늘이 공평하게 처리한다면, 너를 먹어야 하겠느냐? 아니면 놓아주어야 하겠느냐?

자기 소유가 아닌 것을 취하는 자를 도盜라 하고, 남을 못살게 굴다가 목숨까지 빼앗는 자를 적賊이라 한다. 너희는 밤낮없이 쏘다니며 팔을 걷어붙이고 눈을 부릅뜨며 남의 것을 착취하고도 부끄러운 줄을 모르더구나. 심지어 돈더러 형이라 부르고, 장수가 되려고 자기 아내를 죽이는 일까지도 있었으니, 이러고도 인류의 도리를 논할 수 있겠느냐? 그뿐만 아니라 메뚜기에게서 밥을 빼앗고, 누에한테서 옷을 빼앗으며, 벌을 윽박질러 꿀을 긁어먹고, 심한 경우에는 개미 알로 젓을 담아 그 조상께 제사하니, 너희보다 더 잔인하고 박덕한 자가 있겠느냐?

너희는 이치[理]를 말하고 본성[性]을 논하면서 걸핏하면 하늘을 일컫지만, 하늘이 명한 바로 본다면 범이나 사람이나 다 같은 동물이다. 하늘과 땅이 만물을 낳아 기르는 인仁으로 논하더라도 범과 메뚜기, 누에, 벌, 개미와 사람이 모두 함께 길러졌으므로 서로 거스를 수가 없다. 또 선악으로 따지더라도 뻔뻔스럽게 벌과 개미의 집을 노략질하고 긁어 가는 놈이야말로 천지天地의 대도大盜가 아니겠으며, 함부로 메뚜기와 누에의 살림을 빼앗고 훔쳐 가는 놈이야말로 인의仁義의 대적大賊이 아니겠느냐?

범이 아직도 표범을 잡아먹지 않는 까닭은 차마 제 겨레를 해칠 수 없기 때문이다. 게다가 범이 노루나 사슴 먹는 것을 헤아려도 사람이 노루와 사슴 먹는 것만큼 많지는 못할 것이고, 범이 말이나 소 먹는 것을 헤아려도 사람이 말이나 소 먹는 것만큼 많지는 못할 것이며, 범이 사람 먹는 것을 헤아려도 사람이 저희끼리 서로 잡아먹는 것만큼 많지는 못할 것이다.

지난해 관중 지방이 크게 가물었을 때 백성끼리 서로 잡아먹은 수가 몇만이었고, 앞서 산동에 큰물이 났을 때 백성끼리 서로 잡아먹은 수도 몇만이었다. 그러나 서로 많이 잡아먹기로는 춘추 시대 같은 적이 있겠느냐? 춘추 시대에는 은혜와 덕을 세운다는 싸움이 열일곱 번이요, 원수를 갚는다는 싸움이 서른 번이었다. 그들의 피가 천 리에 흘렀고 엎어진 시체가 백만이나 되었다.

그러나 범의 집에선 큰물과 가뭄 걱정을 모르니 하늘을 원망할 것도 없고, 원수와 은혜를 모두 잊고 사니 다른 생물들에게 미움을 받지 않는다. 천명을 알고 순종하니 무당이나 의원의 간교한 술수에 미혹되지 않고, 타고난 바탕을 그대로 지녀 천명을 다하니 세속의 이익과 손해에 병들지 않는다. 이것이 바로 범이 착하고도 성스러운 까닭이다. 범의 아롱진 무늬를 한 점만 엿보더라도 그 문文을 천하에 보여 주기 넉넉하고, 한 치의 무기도 지니지 않았지만 날카로운 발톱과 이빨만으로 천하에 무武를 빛낸다. 범과 원숭이를 그

룻에 그림은 천하에 효孝를 떨치는 일이고, 하루에 한 번 사냥하면 남은 밥을 까마귀·솔개·청개구리·말개미 따위와 함께 나누어 먹으니, 그 인仁을 이루 다 쓸 수가 없다. 고자질한 자는 먹지 않으며, 병들어 못쓰게 된 자도 먹지 않고, 상복 입은 자도 먹지 않으니, 그 의義도 이루 다 쓸 수가 없다.

그런데 너희가 하는 짓이야말로 인자하지 않구나. 틀과 함정으로도 모자라 새 그물과 노루 그물, 작은 물고기 그물과 큰 물고기 그물, 수레 그물과 삼태그물 따위를 만들었으니, 처음 그물을 만든 자야말로 천하에 커다란 화를 끼친 자다. 게다가 큰 바늘과 쥘 창, 날 없는 창과 도끼, 세모창과 한 길 여덟 자 창, 뾰족 창과 작은 칼, 긴 창까지 만들었지. 또 화포火礮란 것이 있어 터뜨리는 소리가 화산華山도 무너뜨릴 듯하고, 그 불기운이 음양을 누설해 우레보다 더 무섭거늘, 이 정도로도 그 못된 꾀를 마음껏 부리지 못한 듯 여긴다.

보드라운 털을 빨아서 아교를 녹여 붙여 날을 만들되, 끝은 대추씨처럼 뾰족하고 길이는 한 치도 못 되게 해서 오징어 거품에 담갔다 꺼낸다. 종횡무진 멋대로 치고 찌르는데, 세모창처럼 굽어 있고 작은 칼처럼 날카로우며, 긴 칼처럼 예리하고 가지창처럼 갈라졌으며, 살처럼 곧고 활처럼 팽팽해서 이 무기가 한번 번뜩이면 모든 귀신이 밤중에 곡할 지경이다.* 그러니 너희보다 가혹하게 서로 잡아먹는 자가 있겠느냐?"

북곽선생이 자리에서 물러나 한참 엎드렸다. 그러다 일어나서 엉거주춤하더니, 두 번 절하고 머리를 거듭 조아리며 말했다.

《시전》에 이르기를 '아무리 악한 사람이라도 목욕재계를 한다면 상제上帝를 섬길 수 있다'고 했으니, 이 낮은 땅에 사는 천한 신하가 감히 가르침을 받겠습니다."

그런 뒤에 숨을 죽이고 가만히 들어 보아도 오래도록 아무런 분부가 없으므로, 황송하기도 하고 두렵기도 했다. 그래서 손을 맞잡고 머리를 조아리다 쳐다보니, 동녘이 밝았는데 범은 이미 가버리고 없었다.

마침 아침에 밭을 갈러 온 농부가 "선생님, 무슨 일로 일찍이 이 벌판에서 절하십니까?" 하고 물었다. 북곽선생이 말했다. "내 예전에 들으니 '하늘이 비록 높다 하되 어찌 머리를 굽히지 아니하며, 땅이 비록 두텁다 한들 살금살금 걸어야 하지 않겠느냐?' 하더군."

호질 뒷이야기

연암 씨는 이렇게 말한다.

이 작품은 지은이의 이름을 알 수 없지만, 대체로 근래에 중국

---

* 보드라운 털을~곡할 지경이다 붓으로 글씨를 써서 못된 짓을 한다는 뜻

사람이 비분강개한 마음을 참지 못해 지은 글일 것이다. 요즘 와서 세상의 운수가 긴 밤처럼 어두워지면서 오랑캐의 화禍가 사나운 짐승보다 더 심하며, 선비 가운데 염치를 모르는 자들은 하찮은 글귀나 주워 모아 세상의 형편에 아첨하며 따르고 있다. 이는 바로 남의 무덤이나 파는 유학자이니, 이리 같은 짐승이라도 잡아먹기를 달가워하지 않을 것이다. 이제 이 글을 읽어 보니 많은 부분이 이치에 어긋나서 저 《장자》의 〈거협胠篋〉이나 〈도척盜跖〉 편과 뜻이 같음을 알겠다.

그러나 온 천하의 뜻있는 선비가 어찌 하룬들 중국을 잊을 수 있겠는가. 청나라가 천하의 주인이 된 지는 이제 겨우 네 대째인데, 그들은 모두 문무를 아울러 갖추었으며 장수를 누렸다. 태평성대를 노래한 지 백 년 동안 온 누리가 고요하니, 이는 한나라와 당나라 때도 보지 못했던 일이다. 이처럼 편안히 터를 닦고 건설하는 뜻을 볼 때, 이 또한 하늘이 배치한 명리命吏*가 아닐 수 없겠다.

옛날 어느 학자*가 일찍이 '하늘은 부드럽게 타일러 명령하신다'는 말씀을 의심해 성인에게 질문했다. 성인은 하늘의 뜻을 똑똑히 받아 '하늘은 말씀으로 하지 않고 실천과 사실로 드러내신다' 했다. 나는 예전에 이 글을 읽다 이곳에 이르러 퍽 의심스러웠다.

* 명리 특별한 사명을 띠고 임명된 관리
* 어느 학자 맹자의 제자 만장. 성인은 맹자를 일컫는다.

이제 내가 감히 묻는다.

"하느님께선 실천과 사실로 의사를 드러내신다. 오랑캐의 제도로 중국의 제도를 뜯어고친다는 것은 천하의 커다란 모욕인 만큼 백성의 원통함이 어떠하겠으며, 향기로운 제물과 비린내 나는 제물은 각기 그들이 닦은 덕에 따른 것이니 신들은 어떤 냄새에 감응할 것인가?"

사람으로서 보면 중화中華와 오랑캐의 구별이 뚜렷하겠지만, 하늘로서 본다면 은나라의 우관이나 주나라의 면류관도 제각기 때에 따라 변했다. 어찌 청나라 사람들의 붉은 모자만을 의심하랴. '사람의 숫자가 많으면 하늘도 막아 낼 수 없고, 하늘이 정해 놓은 것은 사람이 어쩔 수 없다'는 설이 그사이 유행한다. 사람과 하늘이 조화되는 이理는 한 걸음 물러서 기氣의 명령을 받게 되었고, 옛 성인의 말씀에 비추어 맞지 않으면 '이건 천지의 운수가 이렇기 때문이야' 한다. 아아, 슬프다. 이게 어찌 참으로 운수의 결과일까.

아아, 슬프다. 명나라 왕의 은덕이 끊어진 지 이미 오래되어 중원의 선비들이 그 머리 모양을 고친 지도 백 년이나 된다. 아득히 먼 세월이 흘렀지만 자나 깨나 가슴을 치며 명나라 왕실을 생각하는 것은 무슨 까닭인가? 차마 중국을 잊지 못하기 때문이다.

청나라도 자신을 위한 계책이 허술하다고 하겠다. 그들은 앞서 오랑캐 출신의 마지막 왕들이 항상 중화의 풍속과 제도를 본받다 쇠망했음을 경계해, 쇠로 만든 비碑를 새겨 파수 보는 곳에 묻었다. 그러나 평소에 하고 버리는 말 중에는 언제나 자기의 옷과 벙거지에 대한 부끄러움이 있다. 다시 강약의 형세에만 마음을 두니 그 어찌 어리석은 일이 아니겠는가.

저 문왕文王의 깊은 꾀와 무왕武王의 높은 공적으로도 쇠퇴하는 은나라 주왕을 구해 내지 못했다. 하물며 의관 제도의 하찮은 부분을 구차하게 고집해서 무엇하겠는가. 그들의 옷과 벙거지가 참으로 싸움할 때 가볍고 편하다면, 저 북적北狄이나 서융西戎의 옷이라고 안 될 이유는 없다.

그러니 마땅히 힘껏 서북쪽 오랑캐들이 중국의 옛 습속을 따르게 해야 한다. 그 후에야 비로소 천하에 홀로 강한 체할 것이다. 그런데 온 천하의 백성을 모두 욕된 구렁에 몰아넣고 '잠깐 수치를 참고 우리를 따라 강하게 되라'고 혼자 호령하니, 나는 그 '강하다'는 말의 뜻을 알 수가 없다.

굳이 의관 제도만으로 강하게 된다면, 저 신시新市와 녹림綠林 사이에 눈썹을 붉게 물들이거나 머릿수건을 노란색으로 고쳐 보통 사람과 다르게 했던 도적놈이라야* 가능한 건 아니다. 가령 어리석은 백성이 한번 일어나 그들이 씌워 주었던 벙거지를 벗어 땅에 팽개친다면, 청나라 황제는 자리에 앉은 채로 천하를 잃어버리

* 저 신시와~도적놈이라야   신시와 녹림 지역에서 일어난 농민 반란군 적미적赤眉賊과 황건적黃巾賊을 뜻한다.

게 될 것이다. 예전엔 의관을 믿고 스스로 강하다고 뽐냈는데 도리어 망하는 실마리가 되지 않겠는가. 이렇게 되면 빗돌을 새겨 묻고서 후세에 경계한 일이야말로 어찌 부질없는 짓이 아니랴.

이 작품은 애초에 제목이 없었으므로, 이제 그 글 가운데 '호질'이란 두 글자를 따서 제목을 삼아 저 중원의 혼란이 맑아질 때까지 기다릴 뿐이다.

옥갑야화

玉匣夜話

옥갑으로 돌아와 여러 비장裨將*과 더불어 머리를 맞대고 밤늦도록 이야기했다. 옛날 연경燕京*은 풍속이 순박해 역관들이 말하면 만 금이라도 쉽게 빌려주었는데 요즘 이르러서는 모두 속이기를 잘하니, 이는 참으로 우리나라 사람들에게 잘못이 있다고 한다.

지금으로부터 삼십 년 전, 한 역관이 빈손으로 연경에 들어갔다 돌아오며 단골 주인을 보고 울었다. 주인이 이상하게 여기고 그 까닭을 물었다. 그는 "강을 건널 때 남의 은을 몰래 가지고 오다, 일이 발각되어 내 것까지 관원에게 다 몰수되었습니다. 이제 빈손으로 돌아가려니 살아갈 수가 없습니다. 차라리 여기서 죽으려 합니다" 하면서, 곧 칼을 빼어 자살하려 했다.

* 비장 조선 시대에 사신이나 감사 등을 따라다니며 일을 돕던 무관
* 연경 중국 북경의 옛 이름. 사신이 연경에 가던 일 또는 그 일행을 '연행燕行'이라 한다.

주인이 놀라 급히 그를 껴안고 칼을 빼앗으며 "몰수된 은이 얼마나 되는지요?"하고 물었다. 그가 "삼천 냥입니다" 했다. 주인이 그를 위로하며 말했다.

"사내가 이 세상에 태어나지 않은 게 걱정이지, 은이 없다고 걱정할 게 무어요? 이제 여기서 죽어 돌아가지 않는다면 당신의 처자는 어찌할 거요? 내가 당신에게 만 금을 빌려드릴 테니, 다섯 해 동안 늘리면 아마 만 금은 남을 거요. 그때 가서 나에게 본전이나 갚아 주시오."

그 역관은 만 금을 얻은 뒤 물건을 많이 사 가지고 돌아왔다. 당시에는 이 일을 아는 사람이 없었으므로 그의 재주를 신기하게 여기지 않는 이가 없었다. 그는 과연 다섯 해만에 큰 부자가 되었다. 그러자 사역원司譯院* 명부에서 자기의 이름을 빼버리고 다시는 연경에 들어가지 않았다. 얼마 후 친구 하나가 연경에 들어가니 남들 몰래 이렇게 부탁했다.

"만일 연경 시장에서 아무개 주인을 만나면 그가 응당 내 안부를 물을 걸세. 자네는 내 온 집안이 몹쓸 전염병을 만나 죽었다고 전해 주게나."

친구는 이 말이 너무 허황하다고 생각해 곤란한 기색을 보였다. 그는 "그렇게 말하고 돌아온다면 마땅히 자네에게 돈 백 냥을 주

---

* 사역원 외국어 번역 및 통역에 관한 일을 맡아보던 관아

겠네" 하고 부탁했다.

친구가 연경에 들어가 그 주인을 만났다. 주인이 역관의 안부를 묻기에 부탁받은 대로 대답해 주었다. 그랬더니 주인이 얼굴을 손으로 가리고 한바탕 슬피 우는데, 눈물이 비 오듯 했다. "아아, 하느님이시여. 무슨 일로 이처럼 좋은 사람의 집에 이다지도 참혹한 재앙을 내리셨나요?" 하면서 백 냥을 그에게 주었다.

"그이가 처자와 함께 죽었다니 장례를 맡아 처리할 사람도 없겠군요. 당신이 고국에 들어가시는 날, 나를 위해 오십 냥으로 제물을 갖추어 주시오. 나머지 오십 냥으로는 재齋를 벌여 그의 명복을 빌어 주시오."

친구는 몹시 아연했으나 벌써 거짓말을 했기 때문에 어쩔 수 없이 백 냥을 받았다. 돌아와 보니 역관의 집안은 이미 전염병을 만나 모조리 죽었다. 그는 크게 놀라는 한편 두렵기도 해서 백 냥으로 단골 주인을 위해 재를 드렸다. 그러고는 죽을 때까지 연행을 그만두고, "내가 무슨 낯으로 그 단골 주인을 만나랴" 했다.

어떤 사람이 이렇게 말했다.

"지사知事 이추李樞는 근래에 이름난 통역관이지만 평소 돈 이야기를 입에 올린 적이 없었다. 사십여 년을 변경에 드나들었지만 일찍이 그 손에 은을 잡아 본 적이 없었다. 참으로 부지런하고 착실한 군자의 풍모를 지녔다."

또 어떤 사람이 이렇게 말했다.

"당성군唐城君 홍순언洪純彦은 명나라 만력 때 이름난 통역관으로 연경에 들어가 어떤 기생집에 놀러 갔다. 기생의 얼굴에 따라 노는 값의 등급을 매겼는데, 천 금이나 되는 비싼 돈을 요구하는 자가 있었다. 홍은 곧 천 금을 주고 하룻밤 놀기를 청했다. 그 여인은 나이가 열여섯이었고 미모가 빼어나게 아름다웠다. 여인이 홍과 마주 앉더니 울면서 말했다.

'제가 애초에 이처럼 많은 돈을 요청한 까닭은 이 세상 사나이들이 대체로 인색하기 때문에 천 금을 버릴 자가 없으리라고 생각해서입니다. 당분간의 모욕을 면하려는 의도였지요. 그렇게 하루이틀 지내면서 창관娼館* 주인을 속이는 한편, 이 세상에 의기義氣를 지닌 어떤 남자가 있어 잡힌 제 몸을 풀어 주고 사랑해 주기를 바랐습니다. 하지만 제가 창관에 들어온 지 닷새가 지나도록 감히 천 금을 가지고 오는 자가 없었습니다.

그러다 이제 다행히 이 세상의 의기 있는 남자를 만나게 되었지요. 그러나 공公께서는 외국 사람이기에 법적으로 저를 데리고 고국으로 돌아가시기 어려울 테고, 이 몸은 한번 더럽히면 다시 씻기 어렵게 되었습니다.'

홍이 그를 몹시 불쌍히 여겨 창관에 들어온 까닭을 물었다. 그 여인이 대답하기를 '저는 남경南京 호부시랑戶部侍郎 아무개의 딸

* 창관 몸을 파는 기생이 있는 집

입니다. 아버지께서 장물臟物*에 얽매여 이를 갚으려고 했지요. 스스로 기생집에 몸을 팔아 아버지의 죽음을 용서받으려 하옵니다' 했다.

홍은 크게 놀라며 '나는 참으로 이런 줄 몰랐습니다. 내가 당신의 몸을 풀어 주리다. 그 액수가 얼마나 되는지요?' 하고 물었다. 여인이 '이천 냥이랍니다' 했다. 홍이 곧 그 액수를 치르고 헤어지기로 했다. 여인은 홍을 은부恩父라 부르며 수없이 절하고 헤어졌다. 그 뒤 홍은 이 일을 마음에 두지 않았다.

이후 다시 중국에 들어갔는데, 길가에 있는 사람들이 모두 '홍순언이 들어오나요?' 하고 물었다. 홍은 이상하게 생각했다. 연경에 이르자 길 왼쪽에 장막을 치고 성대하게 연회를 베풀며 홍을 맞이했다. '병부兵部 석 씨 어른께서 환영합니다' 하더니 곧장 석씨의 저택으로 인도했다. 석상서石尙書가 맞이하고 절하며 '제게는 은장恩丈이십니다. 공의 따님이 아버지를 기다린 지 오래되었답니다' 하더니 곧 손을 이끌고 안방으로 들어갔다. 그의 부인이 화려하게 화장하고 마루 밑에서 절했다. 홍은 송구해 어쩔 줄을 몰랐다.

석상서가 웃으며 '장인께서는 벌써 따님을 잊으셨나요?' 했다. 홍은 비로소 그 부인이 지난날 기생집에서 구출해 준 여인임을 깨

* 장물 다른 사람을 속여 빼앗거나 훔친 재물

달았다. 그는 기생집에서 풀려나 곧 석성石퇴의 후실이 되었던 것이다. 석이 병부에 오르며 귀하게 되자, 부인은 손수 비단을 짜며 군데군데 보은報恩이라는 두 글자를 수놓았다. 홍이 고국으로 돌아올 때 그 보은 비단 외에도 여러 비단과 금은 등을 이루 헤아릴 수 없을 만큼 짐 보따리 속에 넣어 주었다. 그 뒤 임진왜란이 일어나자 석은 병부에 있으면서 힘써 출병을 주장했다. 평소 조선 사람을 의롭게 여겼기 때문이다."

어떤 사람이 또 이렇게 말했다.

"조선 장사치들과 가장 친한 단골 주인 정세태鄭世泰는 연경의 갑부다. 세태가 죽자 그 집은 한순간에 망해버리고 말았다. 그에게는 손자 하나만 있었는데, 뭇 사내 가운데 절색이었지만 어려서 극장에 몸을 팔았다. 세태가 살아 있을 때 회계를 보던 임가林哥라는 사람이 이 무렵 이름난 부자가 되었는데, 극장에서 어떤 미남자가 연극하는 것을 보고 마음으로 픽 애처롭게 여겼다. 그러다 그가 정씨의 손자임을 알고 서로 껴안고 울었다. 곧 천 금을 내어 그의 몸을 풀어 주고 자기 집으로 데려왔다. 집안사람들에게 타이르기를, '너희는 이분을 잘 모셔라. 이분은 우리 집의 옛 주인이니 결코 배우의 몸이라고 천대하지 마라' 했다. 그가 자란 뒤에는 자기 재산의 절반을 나누어 살림을 시켰다. 그는 몸이 살찌고 살결이 몹시 희며 얼굴 또한 아름답고 화려했다. 아무 일도 하지 않았고, 다만 연을 날리며 성안에서 노닐었다."

옛날 이곳에서 물건을 사고팔 때는 봇짐을 끌러 검사하지 않았다. 연경에서 싸서 보낸 그대로 가져와서 장부와 대조해 보아도 조금도 잘못되지 않았다. 어느 때인가 흰 털감투로 겉을 싼 것이 있었는데, 돌아와서 끌러 보니 흰 모자였다. 그러나 저쪽에서 일부러 그랬던 건 아니었다. 저쪽에서 검사해 보지 못한 것을 스스로 후회했는데, 정축년(1517)에 두 번이나 국상國喪을 당하자 오히려 두 배나 되는 값을 받았다. 하지만 이게 바로 그네들 일이 옛날 같지 않다는 징조다. 요 몇 해 사이 들어서는 역관들이 화물을 손수 단속하고, 단골집 주인에게 맡기지 않는다고 한다.

어떤 사람이 또 이렇게 말했다.

"변승업卞承業이 중한 병에 걸리자 돈놀이 금액의 총계가 알고 싶어졌다. 그래서 모든 회계 장부를 모아 놓고 통계를 내 보니 은이 오십만 냥이었다. 그의 아들이 '이 돈을 흩는다면 거두기도 귀찮을뿐더러 시일을 오래 끌다간 다 없어져버리고 말 테니, 돈놀이를 그만 끊어버리는 것이 좋겠습니다' 하고 청하자, 승업이 크게 분개했다. '이 돈이 곧 서울 안 수많은 집의 목숨 줄인데, 어찌 하루아침에 끊어버릴 수 있겠느냐' 하고는 거두어들였던 돈을 빨리 돌려주라고 했다.

승업이 늙은 뒤 자손들에게 이렇게 타일렀다. '내가 일찍부터 고관대작을 섬긴 적이 많은데, 그들 가운데 나라의 권세를 잡고 사사로운 이익을 꾀한 사람치고 그 권세가 삼대를 뻗은 이가 없더란 말이야. 그리고 온 나라 사람 가운데 재물을 늘리는 이들은 으레 우리 집 거래를 표준 삼아 이자를 올리고 내리는데, 이 또한 국론 國論인 만큼 재물을 흩어버리지 않는다면 장차 재앙이 미칠 거야.' 그러므로 그의 자손들이 번창하고도 모두 가난한 까닭은 승업이 만년에 재산을 많이 흩어버렸기 때문이다."

나도 이에 대한 이야기를 했다. 일찍이 윤영尹映이란 사람에게서 들은 변승업의 부富에 관한 이야기다. 그가 재물을 모은 데는 유래가 있다. 승업의 조부 때는 돈이 몇만 냥에 지나지 않았는데, 예전에 허 씨 성을 지닌 선비에게 은 십만 냥을 얻어서 결국 한 나라의 으뜸이 되었던 것이다. 승업에 이르러서는 조금 쇠퇴한 셈이다. 역시 처음 재산을 일으킬 때 운명이 있었던 듯싶다. 허생의 일을 보더라도 이상스러운 점이 있다. 허생은 끝내 자기의 이름을 드러내지 않았으므로, 세상에는 그를 아는 이가 없었다고 한다.

윤영의 이야기는 이렇다.

허생

許生

허생은 묵적골에 살았다. 남산 아래 곧바로 닿으면 우물 위에 늙은 은행나무가 서 있고, 사립문이 그 나무를 향해 열려 있으며, 초가집 두어 칸이 비바람도 가리지 못한 채 서 있었다. 그런데도 허생은 글 읽기만 좋아해서 그의 아내가 남의 바느질품을 팔아 입에 풀칠이나 했다.

하루는 아내가 너무나 배고파 훌쩍거리며 "당신은 평생토록 과거도 보지 않으니 글을 읽어 무엇하시려오?" 하고 물었다. 허생은 웃으면서 "난 아직 글 읽기에 익숙지 않다오" 했다. "그러면 장인匠人 노릇도 못하신단 말예요?"라고 아내가 쏘아붙이자, 허생이 "장인 일은 애초부터 배우지 못했으니 어떻게 할 수가 있겠소?" 했다. 아내가 "그럼 장사치 노릇이라도 하셔야지요"라고 하니 허생은 "장사치 노릇인들 밑천이 없으니 어떻게 할 수 있겠소?" 했다. 그러자 그 아내가 성내면서 "당신은 밤낮으로 글을 읽었다더니 겨우

'어찌할 수 있겠소?'라는 말만 배웠구려. 그래 장인 노릇도 못하고 장사치 노릇도 못한다면, 도둑질은 왜 못하시오?" 하고 욕했다.

이에 허생도 할 수 없이 책을 덮고 일어났다. "아아, 안타깝구나. 내가 처음 글을 읽기 시작할 때 십 년을 채우려고 했는데 이제 겨우 칠 년 읽었구나" 하며 문을 나섰다. 하지만 아는 사람이 없어 곧장 운종가에 가서 시장 사람들에게 물었다.

"한양 안에서 누가 가장 부자인가요?"

마침 변 씨라고 말해 주는 사람이 있어서, 드디어 그 집을 찾아 갔다.

허생이 변 씨를 보고는 길게 읍하며 "내가 집이 가난한데, 조금 시험해 볼 일이 있어 그대에게 만 냥을 빌리러 왔소" 하고 부탁했다. 변 씨가 "그럽시다" 하고는 곧 만 냥을 내주었다. 그러자 허생은 고맙다는 말도 없이 가버렸다.

변 씨의 자제와 문객들이 허생의 꼴을 보니 한갓 비렁뱅이였다. 술띠를 허리에 둘렀지만 술은 다 빠져버렸고, 가죽신이라고 꿰신었지만 굽이 자빠졌다. 갓은 다 망가졌고 도포는 검게 그을었는데, 코에서는 맑은 콧물이 흘렀다. 허생이 나가자 모두들 크게 놀라며 "대인께서는 그 손님을 아십니까?" 하고 물었다. 변 씨가 "몰라" 하자, "그럼 평소 알지도 못하던 자에게 하루아침에 만 냥을 헛되이 던져 주시며 이름도 묻지 않으신 겁니까? 왜 그러셨습니까?" 했다.

변 씨가 이렇게 말했다.

"이건 너희가 알 바 아니야. 대개 남에게 부탁할 것이 있는 자들은 반드시 자기 계획을 과장해서 먼저 신의를 나타내는 법이다. 그러면서도 얼굴빛이 부끄럽고 비겁하며 말이 중복되곤 하지. 그런데 이 손님은 옷과 신이 비록 다 떨어졌으나 말이 간단하고 눈매가 오만해. 얼굴에 부끄러운 빛이 없는 것으로 보아, 물질이 갖추어지기를 기다리기 전에 스스로 만족하는 사람이야. 그가 시험해 보겠다는 것도 작은 일이 아니겠지만 나 또한 그에게 시험해 볼 일이 있는 거지. 주지 않았다면 모르거니와, 이미 만 냥을 주었으면 이름은 물어서 무엇하겠나?"

허생은 만 냥을 얻은 뒤 집으로 돌아가지 않았다. '안성은 경기도와 충청도를 어우르는 곳이요, 삼남三南*의 어귀렸다' 생각하고는 그곳에 머물러 살았다. 대추, 밤, 감자, 석류, 귤, 유자 등의 과일을 모두 갑절의 값을 주고 사서 간직했다.

허생이 과일을 모조리 사들이자, 온 나라 사람들이 잔치나 제사를 치르지 못하게 되었다. 얼마 되지 않아 지난번 허생에게서 갑절의 값을 받은 여러 장사치가 도리어 열 배의 돈을 싣고 왔다. 허생이 서글프게 탄식하며 "겨우 만 냥으로 온 나라의 경제를 기울였으니, 이 나라의 얕고 깊음을 알 수 있구나" 했다.

---

* 삼남 충청도, 전라도, 경상도

이번에는 칼, 호미, 베, 명주, 솜을 사 가지고 제주도에 들어가 말총을 거두어들이며 "몇 해만 있으면 온 나라 사람이 머리를 감싸지 못할 거야" 했다. 얼마 되지 않아 망건 값이 열 배나 올랐다.

허생이 늙은 뱃사공에게 "혹시 해외에 사람이 살 만한 빈 섬이 있겠소?" 하고 물었다. 사공이 이렇게 말했다.

"있습니다. 제가 일찍이 바람에 휩쓸려 사흘 밤낮을 곧장 서쪽으로 떠가다, 한 빈 섬에 닿은 적이 있지요. 아마도 사문과 장기 사이에 있는 섬인 듯싶습니다. 꽃과 잎이 저절로 피며, 과일과 오이가 저절로 익고, 사슴이 떼를 이룬 데다 노니는 물고기들은 놀라지 않습니다."

허생이 크게 기뻐하며 "자네가 나를 그곳에 데려다준다면 부귀를 함께 누리겠네" 했다. 사공이 그의 말을 따랐다. 머지않아 바람을 타고 동남쪽으로 가서 그 섬에 닿았다. 허생이 높은 곳에 올라 바라보고는 "땅이 천 리가 채 못 되니 무엇을 해 보겠는가? 그러나 땅이 기름지고 샘물이 다니, 부잣집 영감은 될 수 있겠구나" 하고 섭섭해했다.

사공이 "섬이 비어서 사람이 하나도 없는데 누구와 함께 산다는 말씀이오?" 했다. 허생이 "덕 있는 자에게는 사람이 저절로 찾아드는 법이야. 내가 덕이 없는 게 오히려 걱정이지, 사람 없는 걸 어찌 걱정하랴?" 했다.

이때 변산에서는 도둑 수천 명이 떼를 짓고 있었다. 고을에서 군사를 징발해 뒤를 쫓아다니며 잡으려 했지만 잡지 못했다. 도둑 떼 또한 감히 나와서 노략질하지 못하게 되어 굶주리고 노곤한 판이었다. 허생이 도둑의 소굴로 들어가 그들의 괴수를 달랬다.

"너희 천 명이 천 냥을 훔쳐서 서로 나누어 가지면 얼마나 되겠느냐?"

괴수가 말했다.

"한 사람 앞에 한 냥뿐이지요."

"너희는 아내가 있느냐?"

도둑들이 말했다.

"없지요."

"그럼 밭은 있느냐?"

도둑들이 웃으며 말했다.

"밭이 있고 아내가 있다면 왜 이처럼 괴롭게 도둑질을 하겠소?"

허생이 말했다.

"정말 그렇다면, 왜 아내를 얻고 소를 사다가 농사를 짓지 않느냐? 그렇게 살면 도둑놈이라는 이름도 없을뿐더러, 살림살이에 부부의 즐거움도 있을 텐데. 아무리 돌아다녀도 쫓기거나 붙잡힐 걱정 없이 오래도록 넉넉하게 입고 먹지 않겠느냐?"

"어찌 그런 소원이 없겠습니까? 돈이 없을 뿐이지요."

허생은 웃으면서 말했다.

"너희는 도둑질을 한다면서 어찌 돈이 없다고 걱정하느냐? 내가 너희를 위해 돈을 마련해 주겠다. 내일 저 바닷가를 건너다 보면 붉은 깃발이 펄럭일 텐데, 그게 모두 돈을 실은 배일 거야. 그러니 너희 멋대로 가져가려무나."

허생이 도둑들에게 약속하고 가버렸다. 그들은 모두 허생을 미친놈이라고 비웃었다. 다음 날이 되었다. 그들이 바닷가에 가 보니 허생이 삼십만 냥을 싣고 나타났다. 모두들 깜짝 놀랐다. 나란히 절하면서 "이제부턴 오직 장군의 명령만 따르겠습니다" 했다. 허생이 "이 돈을 힘껏 지고 가거라" 하자 도둑들이 다투어 돈을 짊어졌다. 그러나 한 사람이 백 냥을 넘기지 못했다. 허생이 말했다.

"너희 힘으로 백 냥도 들지 못하면서 어찌 도둑질을 할 수 있겠느냐? 이제 너희는 평민이 되고 싶어도 이름이 도둑 명부에 올랐으니 갈 곳이 없을 거야. 내가 여기서 너희들 돌아오길 기다리겠다. 한 사람당 백 냥씩 가지고 가서 아내 한 명에 소 한 마리씩 데리고 오너라."

도둑들은 "네" 하고 모두 흩어져 갔다. 허생은 이천 명이 일 년 동안 먹을 양식을 혼자 장만하고서 기다렸다. 때가 되니 도둑들이 돌아왔는데, 뒤떨어진 자가 없었다. 모두를 배에 싣고 그 빈 섬으로 들어갔다. 허생이 도둑들을 모조리 데려가니 나라 안이 조용해졌다.

그들은 나무를 베어 집을 세우고 대를 엮어 울타리를 만들었다. 땅의 기운이 온전하므로 온갖 곡식이 잘 자라서, 묵은 밭을 갈지 않고 김매지 않아도 한 줄기에 아홉 이삭이나 달렸다. 삼 년 동안 먹을 식량만 쌓아 놓고 나머지는 모두 배에 실어 장기도에 가서 팔았다. 장기도는 삼십일만 호나 되는 일본의 속주屬州였는데, 때 마침 커다란 흉년이 들어 있었다. 곧 그 쌀을 다 풀어 먹이고, 은 백 만 냥을 거두었다.

허생은 "이제야 내가 조금 시험해 보았구나" 하고 탄식하더니, 남녀 이천 명을 모두 불러 놓고 이렇게 명령했다.

"내가 처음 너희와 이 섬에 들어올 때는 먼저 부유하게 한 뒤 따로 문자를 만들며 옷과 갓도 새로 만들려 했다. 그러나 땅이 작고 덕이 엷으니, 나는 이제 이곳을 떠나련다. 어린애가 태어나서 숟가락을 잡을 만해지면 오른손으로 쥐게 가르쳐라. 하루만 앞서 나도 먼저 먹도록 사양해라."

그런 후 다른 배를 모두 불사르며 "가지 않으면 오는 사람도 없겠지" 하고, 은 오십만 냥을 바닷속에 던지며 "바다가 마르면 얻는 자가 있겠지. 백만 냥도 한 나라 안에 쓸데가 없는데, 하물며 이런 작은 섬일까 보냐!" 했다.

또 글을 아는 자를 배에다 태우고 함께 나오며 말했다. "이 섬나라의 화근을 뽑아버려야지."

온 조선 안을 두루 돌아다니면서는 가난하고 하소연할 곳 없는 사람들에게 돈을 나누어 주었다. 그러고도 오히려 십만 냥이 남자 "이것으로 변 씨에게 빌린 것을 갚아야지" 했다.

허생이 변 씨를 찾아 보고서 "그대는 나를 기억하시오?" 하고 물었다. 변 씨가 깜짝 놀라 "그대의 얼굴빛이 전보다 조금도 나아지지 않았으니, 만 냥을 잃어버린 모양이지?" 했다. 허생이 웃으면서 "재물 때문에 얼굴빛이 윤택해지는 것은 그대들이나 하는 일이지. 만 냥이 어찌 도道를 살찌게 하겠는가?" 하더니 십만 냥을 변 씨에게 주었다. "내가 한때의 굶주림을 참지 못해 글 읽기를 마치지 못했으니, 그대에게 빌린 만 냥이 부끄러울 뿐일세."

변 씨가 크게 놀라 일어나 절했다. 십만 냥을 사양하고 십분의 일의 이자만 받으려 했다. 허생은 크게 노했다. "그대는 어찌 나를 장사치로 대우한단 말인가?" 하고 소매를 떨치며 가버렸다.

변 씨는 그 뒤를 가만히 밟았다. 가는 곳을 바라보니, 허생은 남산 밑으로 향하다가 한 오막살이로 들어갔다. 마침 늙은 할미가 우물가에서 빨래를 하고 있었다. 변 씨가 물었다. "저 오막살이는 누구의 집인가?"

할미가 이렇게 말했다. "허 생원 댁이랍니다. 그분은 가난하면서도 글 읽기를 좋아했는데, 어느 날 아침 집을 떠난 뒤 돌아오지 않은 지가 벌써 다섯 해라지요. 아내가 홀로 남아 그가 집을 떠난 날에 제사를 드린답니다."

변 씨는 비로소 그의 성이 허 씨인 것을 알고 탄식하며 돌아왔다. 그 이튿날, 받은 은을 다 털어 갖고 찾아가서 허생에게 주었다. 허생이 사양하며 말했다.

"내가 부자가 되려고 했다면 백만 냥을 버리고 십만 냥을 받겠는가? 나는 이제부터 그대를 믿고 살겠으니, 그대가 자주 찾아와서 나를 돌보아 주게. 식구 수를 헤아려 식량을 대고 몸을 재서 베를 마련해 주게. 일생이 이와 같으면 충분한데, 어찌 재물 때문에 내 마음을 괴롭히겠나?"

변 씨가 온갖 수단으로 허생을 달랬으나 끝내 어쩔 수 없었다.

이때부터 변 씨는 허생의 살림살이가 떨어질 만하면 그때마다 헤아려 손수 날라다 주었다. 허생도 기꺼이 받았는데, 어쩌다 물건이 더 오면 즐겁지 않은 말투로 "그대가 어찌 내게 재앙을 끼치려 하나?" 했다. 그러나 술을 가지고 가면 더욱 기뻐하면서 서로 잔을 주고받다 취하기에 이르렀다. 그렇게 몇 해가 지나고 날마다 정이 두터워졌다. 어느 날 변 씨가 조용히 물었다.

"다섯 해 동안 어떻게 백만 냥을 벌었소?"

"그건 알기 쉬운 일일세. 우리 조선은 배가 외국과 통하지 못하고, 수레도 나라 안에서 두루 다니지 못하거든. 그래서 온갖 물건이 이 안에서 생겼다가 이 안에서 사라지게 되지. 대체로 천 냥은 적은 재물이어서 물건을 마음껏 다 살 수 없지만, 이를 열로 쪼갠다면 백 냥짜리가 열이 될 테니 열 가지 물건을 사기에 넉넉하지. 물건의 단위가 가벼우면 굴리기 쉽기 때문에, 한 가지 물건을 밑졌다 하더라도 아홉 가지 물건은 이문이 남는 법이야. 그런데 이건 보통 이문을 남기는 방법이고, 작은 장사치들이나 쓰는 방법이지.

대체로 만 냥만 있으면 한 가지 물건은 넉넉히 다 살 수 있네. 수레에 실린 것이라면 수레를 모조리 사들이고, 배에 실린 것이라면 배를 온통 사들이며, 한 고을에 가득 찬 것이라면 그 고을을 통틀어 살 수 있다네. 마치 그물코로 물건을 모조리 훑어 들이는 것과 같지. 그래서 육지의 여러 산물 가운데 어떤 하나를 슬그머니 독점해버린다든지, 바다의 여러 고기 가운데 어떤 하나를 슬그머니 독점해버린다든지, 여러 의약품 재료 가운데 어떤 하나를 슬그머니 독점해버린다면, 그 하나가 어느 한곳에 갇히면서 모든 장사치의 손 속이 다 마르는 법이지. 이건 백성들을 못살게 하는 방법이야. 후세에 나랏일을 맡은 자 가운데 만약 나와 같은 방법을 쓰는 자가 있다면, 반드시 그 나라를 병들게 하고 말 거야."

변 씨가 말했다.

"처음에 그대는 어찌 내가 만 냥을 내줄 거라 짐작하고 나를 찾아와 빌렸소?"

허생이 말했다.

"반드시 자네만 내게 주라는 법은 없지. 만 냥을 지닌 자치고 주지 않을 자는 없다네. 내 재주로 넉넉히 백만 냥을 벌 수 있는 거야 나도 알지만, 운명은 저 하늘에 달려 있는 법이니 그것까지 내가 어찌 예측할 수 있겠나? 그러므로 나를 쓸 줄 아는 자는 복이 있는 자네. 반드시 더욱더 부자가 될 거야. 이는 하늘이 명하신 것인데 그가 어찌 안 줄 수 있겠나? 이미 만 냥을 얻은 뒤에는 그 복에 의 지혜 일하기 때문에 움직였다 하면 바로 성공하는 법이네. 내가 사사롭게 일을 시작했다면 그 성패 또한 알 수 없었겠지."

변 씨가 말했다.

"요즘 사대부들이 지난번 남한산성의 치욕*을 씻으려 하니, 지금이야말로 슬기로운 선비들이 팔뚝을 걷어붙이고 지혜를 펼칠 때요. 그대는 그런 재주를 지니고도 어찌 괴롭게 어둠에 잠긴 채 이 세상을 마치려 하시오?"

허생이 말했다.

"예로부터 어둠에 잠겨 세상을 마친 자가 얼마나 많았나. 조성기趙聖期는 적국에 사신으로 보낼 만하건만 벼슬하지 않고 베잠방이로 늙어 죽었고, 유형원柳馨遠은 충분히 군량을 책임질 만했으나 저 바닷가에서 부질없이 거닐지 않았던가? 그렇다면 지금 나랏일을 보살피는 자들을 알 만하지 않은가? 나는 훌륭한 장사치니 내 돈으로 넉넉히 아홉 나라 왕의 머리를 살 수도 있었다네. 그런데도 바닷속에 그 돈을 다 던져 버리고 온 까닭은 아무 데도 쓸 곳이 없다는 걸 알았기 때문이라네."

변 씨가 서글프게 긴 한숨을 쉬고 가버렸다.

---

* 남한산성의 치욕 1636년에 일어난 병자호란의 패배를 의미한다. 청나라가 조선을 침략하자 인조는 남한산성에 머물며 반격을 꾀했으나 결국 항복했다.

변 씨는 본래 정승 이완李浣과 친했다. 이 공이 마침 어영대장이 되었는데, 한번은 변 씨와 이야기하다 "혹시 지금 민간에 큰일을 같이 할 만한 기이한 인재가 있더냐?" 하고 물었다. 변 씨가 허생에 대해 이야기했다. 이 공은 깜짝 놀라며 "기이하네. 정말 그런 사람이 있단 말인가? 그의 이름이 무어라고 하던가?" 했다. 변 씨가 "소인이 그와 같이 지낸 지 삼 년이 되었지만, 아직도 그의 이름을 알지 못했소" 하니, 이 공이 "그이가 바로 비범한 사람일세. 나와 함께 찾아가 보세" 했다.

밤이 되자 이 공은 수행원들을 다 물리쳤다. 변 씨만 데리고 걸어서 허생의 집까지 찾아갔다. 변 씨는 이 공을 문밖에 세워 두고 혼자 먼저 들어가 허생을 만났다. 이 공이 찾아온 까닭을 갖추어 말했는데도, 허생은 못 들은 척하며 "자네가 차고 온 술병이나 빨리 풀게" 했다. 그러고는 더불어 즐겁게 마셨다. 변 씨는 이 공이 오랫동안 바깥에 서 있는 게 딱해서 몇 차례 말했지만 허생은 아랑곳하지 않았다. 어느새 밤이 깊어지자 허생이 말했다.

"손님을 부르게나."

이 공이 들어왔으나 허생은 편하게 앉은 채 일어서지 않았다. 이 공은 몸 둘 곳이 없어 어쩔 줄 몰라 했다. 그런 자세로 나라에서 어진 인재를 찾는다는 뜻을 말했다. 허생이 손을 저으며 말했다.

"밤은 짧은데 자네 말은 길어서 듣기에 지루하이. 지금 자네의 벼슬이 무언가?"

"대장입니다."

"그렇다면 자네 딴엔 나라의 믿음직한 신하겠구나. 내가 곧 와룡선생臥龍先生*을 천거할 테니, 그대가 임금께 아뢰어 그의 초가집까지 세 번 찾아가시게 할 수 있겠는가?"

이 공이 머리를 숙이고 한참 있다가 "이건 어려우니, 그다음 방법을 듣고 싶습니다" 했다. 허생이 "나는 아직까지 '그다음'이라는 말을 배우지 못했다네" 했다. 그래도 이 공이 굳이 묻자 이렇게 말했다.

"명나라 장병들은 '우리가 옛날에 조선을 도와준 은혜가 있다'고 생각하네. 그래서 그들의 자손이 청나라에서 많이 탈출해 동쪽으로 왔지. 떠돌이 생활을 하며 홀아비로 고생하고 있다네. 자네가 능히 조정에 아뢰어 종실의 딸들을 그들에게 두루 시집보내고, 김류나 장유 같은 공신의 집들을 빼앗아 그들이 살게 해 줄 수 있는가?"

이 공이 고개를 숙이고 한참 있다가 "그것도 어렵습니다" 했다.

허생이 "이것도 어렵고 저것도 어렵다 하니, 무슨 일을 할 수 있다는 말인가? 그럼 아주 쉬운 일이 하나 있는데 이것은 할 수 있겠는가?" 했다. 이 공이 "그것을 듣고 싶습니다" 하자, 허생이 말했다.

---

* 와룡선생 유비를 도와 촉한을 세운 재상 제갈량. 여기서는 재주가 있지만 두각을 나타내지 못하고 묻혀 지내는 인재를 말한다.

"대개 대의大義를 천하에 외치려 한다면 먼저 천하의 호걸과 사귀어야 하네. 남의 나라를 치려면 먼저 간첩을 써야 하지. 그러지 않고서 성공한 적은 없네. 지금 만주가 갑자기 천하의 주인이 되어 아직 중국과 친하지 못했다고 생각하는 판이네. 그런데 조선이 다른 나라보다 솔선해 항복했으니 저편에서는 우리나라를 믿고 있네. 그러니 그들에게 이렇게 청하게. '우리 자제들을 귀국에 보내 학문도 배우고 벼슬도 하게 해서, 옛날 당나라와 원나라 시절처럼 해 주시오. 장사치들이 드나드는 것도 막지 말아 주시오.' 저들은 반드시 우리의 친절을 기쁘게 허락할 것이네. 그러면 나라 안의 자제들을 가려 뽑아 머리를 깎고 되놈의 옷을 입히게. 지식층은 가서 빈공과賓貢科*에 응시하고 서민들은 멀리 강남에 장사치로 스며들게 하게. 그들의 참과 거짓을 엿보고 그들의 호걸과 교제를 맺어야, 천하의 일을 도모할 수 있고 나라의 부끄러움을 씻을 수 있다네.

그런 뒤 주朱 씨*를 물색해 임금으로 세우되, 만나지 못한다면 천하의 제후들을 거느리고 하늘에 사람을 추천하게. 잘되면 우리나라가 대국大國의 스승 노릇을 할 것이네. 못되어도 제후 중 가장 큰 나라는 되지 않겠는가?"

* 빈공과 당나라 때 외국인을 상대로 실시한 과거 시험
* 주 씨 명나라 황족

이 공이 부끄러워하며 "사대부는 모두 삼가 예법을 지키는 판인데, 누가 머리를 깎고 되놈의 옷을 입으려 하겠습니까?" 했다.

허생이 큰 목소리로 꾸짖었다.

"이른바 '사대부'란 게 도대체 어떤 놈들이냐? 오랑캐 땅에 태어나서 제멋대로 사대부라 뽐내니 어찌 앙큼하지 않은가? 바지저고리를 온통 하얗게만 입으니 이는 참으로 상복喪服이고, 머리털을 한데 묶어 송곳처럼 틀어 올리니 이것도 남쪽 오랑캐의 방망이 상투에 불과하다. 어찌 '예법'이라고 뽐낼 게 있느냐?

옛날 번오기*는 원수를 갚기 위해 자기 머리 자르기를 아까워하지 않았고, 무령왕은 나라를 강하게 만들기 위해 오랑캐 옷 입기를 부끄러워하지 않았다. 그런데 지금 너희는 명나라를 위해 원수를 갚으려 한다면서 그까짓 상투 하나를 아낀단 말이냐? 또 앞으로 말달리기, 칼질, 창 찌르기, 활 당기기, 돌팔매질 등을 익혀야 하는데도 그 넓은 소매를 고치지 않고서 제 딴에는 이게 예법이라 한단 말이냐? 내 평생 처음으로 세 가지 계책을 가르쳤는데, 너는 그 가운데 하나도 실천하지 못하면서 자칭 '신임 받는 신하'라 하니, 이른바 신임 받는 신하가 겨우 이렇단 말이냐? 이런 놈은 베어 버려야겠다."

---

* 번오기 자객 형가가 진시황제를 암살하려 하자 자신의 목으로 유인하라며 스스로 죽었다.

허생이 좌우를 둘러보며 칼을 찾아 찌르려 했다. 이 공은 깜짝 놀라 일어나 뒤쪽 들창으로 뛰쳐나가 집으로 달음박질쳤다. 이튿날 다시 찾아갔지만, 허생은 벌써 집을 비우고 떠나버렸다.

허생 뒷이야기 1

어떤 사람은 말하길 "허생은 명나라 유민遺民이다" 했다. 숭정崇禎* 갑진년(1664) 이래 많은 명나라 사람이 동쪽으로 나와 살았으니, 허생도 혹시 그런 사람이라면 그 성이 반드시 허 씨는 아닐 수 있다.

세상에 이런 말이 전한다. 판서 조계원이 일찍이 경상 감사가 되어 순행하다 청송에 이르렀는데, 길 왼쪽에 웬 중 둘이 서로 마주 베고 누웠다. 앞서 말을 끌던 병졸이 비켜나라고 고함쳤지만 그들은 피하지 않았다. 채찍으로 갈겨도 일어나지 않고, 여럿이 붙들어 끌어도 움직일 수 없었다. 조가 이르러 가마를 멈추고는 "너희는 어디에 살고 있는 중들이냐?" 하고 물었다.

두 중이 일어나 앉아 한층 더 뻣뻣한 태도로 눈을 흘기고 한참

---

* 숭정 숭정은 명나라 마지막 황제 의종의 연호다. 박지원이 이 글을 지을 때는 명나라가 망한 지 오래였으나, 조선에서는 당시 청나라 연호인 강희康熙를 쓰지 않고 명나라 연호를 계속 사용했다.

동안 있다 말하기를 "너는 헛된 소리를 치며 출세해 감사 자리를 얻은 자가 아니냐?" 했다. 조가 중들을 보니 한 명은 붉은 상판이 둥글고, 또 한 명은 검은 상판이 길었으며, 말투가 자못 범상치 않았다. 가마에서 내려 그들과 이야기하려고 하자, 중이 "따르는 자들을 물리치고 나를 따라오거라" 했다. 조가 몇 리를 따라가노라니 숨은 가빠지고 땀이 자꾸만 흘러, 좀 쉬어 가자고 청했다. 그랬더니 중이 화내며 꾸짖었다.

"너는 평소 여러 사람과 있을 땐 언제나 큰소리를 치면서, 몸에 갑옷을 입고 창을 잡아 선봉에 서서 명나라를 위해 복수하고 부끄러움을 씻겠다고 떠들지 않았느냐? 이제 보니 몇 리도 걷지 못해 한 발자국에 열 번 헐떡이고 다섯 발자국에 세 번을 쉬려고 하는구나. 이러고서 어찌 요동과 계주의 벌판을 맘대로 달릴 수 있겠느냐?"

그들은 어떤 바위 아래까지 이른 뒤 나무에 기대어 집을 만들고 땔나무를 쌓아 그 위에 드러누웠다. 조가 몹시 목이 말라 물을 청했더니, 중이 "그래도 귀인이라고, 또 배도 고프겠지" 하고 황정黃精*으로 만든 떡을 먹이려고 솔잎 가루를 개울물에 타서 주었다. 조가 이마를 찌푸리며 마시지 못하자, 중이 또 "요동 벌판은 물이 귀해서 목이 마르면 말 오줌을 마시는 것이 일쑤니라" 하며 크게

---

* 황정 한약재의 하나로, 도사들이 오래 살기 위해 먹었다고 한다.

호통을 쳤다.

그러다 두 중이 마주 부둥켜안고 엉엉 울면서 "손 씨 어른, 손 씨 어른" 하고 부르더니, 조에게 물었다.

"오삼계吳三桂*가 운남에서 군사를 일으켜 강소와 절강 지방이 소란한 것을 네가 아느냐?"

"들은 적도 없소이다."

두 중이 탄식하며 말했다.

"감사의 몸으로 천하에 이런 큰일이 있는 것을 듣지도 못하고 알지도 못하면서, 함부로 큰소리만 쳐 벼슬자리를 얻었구나."

조가 "스님은 어떤 분이십니까?" 물었더니 중이 "물을 필요 없어. 그래도 세상에는 우릴 아는 이가 있을 거야. 너는 여기 앉아서 조금 기다려라. 내가 우리 선생님하고 같이 와서 네게 이야기하리라" 하고, 일어나 깊은 산속으로 들어갔다. 잠시 뒤 해는 졌건만 오래 지나도 중은 돌아오지 않았다.

조는 밤늦도록 중이 돌아오기만을 기다렸다. 밤이 깊어지자 수풀에서 우수수 바람 소리가 나면서 범들이 싸우는 소리가 들려왔다. 조는 기겁을 하며 거의 까무러쳤다. 얼마 후 여러 사람이 횃불을 켜 들고 감사를 찾아왔다. 낭패를 당하고 골짜기 속을 빠져나온

---

* 오삼계 명나라의 무장. 명의 멸망 이후 청나라에서 대장군으로 활약했으나 난을 일으켰다가 진압되었다.

조는 이 일이 있은 지 오래되어도 언제나 마음이 불안해 가슴속에 한을 품게 되었다.

훗날 조가 이 일을 우암尤菴 송 선생에게 물었더니, 선생이 말했다.

"그 중은 아마도 명나라 말년의 총병관總兵官 같아 보이네."

조가 또 물었다.

"그가 언제나 저를 깔보고, 네니 너니 하고 부르는 것은 무슨 까닭입니까?"

선생이 "그들 스스로 우리나라 중이 아님을 밝힌 것이지. 땔나무를 쌓아 둔 것은 와신상담臥薪嘗膽*을 뜻하는 걸세" 했다.

조가 또 "올 때마다 반드시 손 씨 어른을 찾았는데, 이것은 무슨 뜻입니까?" 하고 물으니 선생이 이렇게 말했다.

"태학사太學士 손승종孫承宗을 가리킨 듯싶네. 승종이 일찍이 산해관에서 군사를 거느리고 있었으니, 두 중은 아마도 손의 부하일 거야."

---

* 와신상담 '딱딱한 땔나무에 몸을 눕히고 쓸개를 맛본다'는 뜻으로, 마음먹은 일을 이루려고 온갖 어려움을 견디는 상황을 비유할 때 쓰는 말이다. 중국 춘추 시대 오나라의 왕 부차夫差가 아버지의 원수를 갚기 위해 장작더미 위에서 잠을 자며 월나라 왕 구천句踐에게 복수할 것을 맹세했고, 그에게 패배한 구천이 쓸개를 핥으며 복수를 다짐한 데서 유래했다.

허생 뒷이야기 2

내 나이 스무 살(1756) 때 봉원사에서 글을 읽었는데, 어떤 손님 하나가 음식을 적게 먹으며 밤이 새도록 잠도 자지 않고 도인 되는 법을 익히고 있었다. 그는 정오가 되면 반드시 벽에 기대앉아 살짝 눈을 감은 채 용호교*를 시작했다. 그의 나이가 아주 많았으므로, 나는 그를 존경했다.

그는 가끔 나에게 허생의 이야기와 염시도廉時道, 배시황裴是晃, 완흥군부인完興君夫人 등에 대한 이야기를 늘어놓았다. 몇만 마디를 잇달아 이야기해서, 며칠 밤에 걸쳐 그칠 줄을 몰랐다. 그 이야기는 거짓스럽고도 기이하며 괴상하고도 능청스럽기 짝이 없어 모두 들을 만했다. 그는 자신의 이름을 '윤영'이라고 소개했다. 이때가 병자년(1756) 겨울이었다.

그 후 계사년(1773) 봄에 서쪽으로 구경 갔다가 비류강*에서 배를 탔다. 십이봉 아래 이르자 조그만 초가 암자 하나가 있었다. 윤영이 홀로 중 한 사람과 이 암자에 머물러 있다가, 나를 보고 깜짝 놀랐다. 서로 기뻐하며 위안하는 말을 주고받았다. 지난번에 만난 뒤로 열여덟 해가 지났지만 그의 얼굴은 더 늙지 않았다. 나이가

---

* 용호교 　도가에서 익히는 수련법의 하나
* 비류강 　평안도 성천에 있는 강

응당 여든이 넘었는데도 걸음이 나는 듯했다. 내가 그에게 물었다.

"허생 이야기 말입니다. 그중에 한두 가지 모순되는 점이 있더군요."

노인이 곧 풀이해 주는데, 마치 어제 겪은 일처럼 또렷했다. 그는 "자넨 지난날 창려昌黎*의 글을 읽더니 의당…" 하고는 뒤이어 말했다.

"자네, 일찍이 허생을 위해 전기를 쓰겠다 했으니 이제 글이 벌써 이루어졌겠지."

나는 아직 짓지 못했다고 사과했다. 이야기하다가 내가 "윤 노인" 하고 불렀더니, 노인이 "내 성은 신辛이요, 윤이 아니라네. 자네가 아마도 잘못 알았을 거야" 했다. 깜짝 놀라 그의 이름을 물었더니 그가 "내 이름은 색嗇이라우" 했다. 그래서 내가 따졌다.

"영감님의 옛 이름이 윤영 아니었습니까? 그런데 이제 갑자기 고쳐서 신색이라니 무슨 까닭이십니까?"

노인이 크게 화내면서 말했다.

"자네가 잘못 알고서 남더러 이름을 고쳤다고 하는구나."

나는 다시 따지려고 했으나 노인은 더욱 노했다. 파란 눈동자만 번뜩였다. 나는 비로소 이 노인이 이상한 도술을 지닌 사람임을 알았다. 혹시 폐족廢族이나 좌도左道, 이단異端이라 남을 피하며 자

* 창려 당나라 문장가 한유韓愈

취를 감추는 무리인지도 알 수 없는 일이다. 내가 문을 닫고 떠날 무렵 노인이 "허생의 아내 말이야, 참 가엾더군. 그는 결국 다시 굶주릴 거야" 하면서 혀를 찼다.

또 광주 신일사에 한 노인이 있는데, 호를 삿갓 이 생원이라 했다. 나이가 아흔 살이 넘었으나 범을 껴안을 만큼 힘이 있었으며, 바둑과 장기까지 잘 두었다. 가끔 우리나라의 옛일을 이야기할 때는 말이 흘러넘쳐 바람이 불어오는 듯했다. 그의 이름을 아는 이가 없었지만 그의 나이와 얼굴 생김을 듣고 보니 윤영과 비슷했다. 그래서 내가 그를 한번 만나 보려고 했는데, 뜻을 이루지 못했다.

물론 세상에는 이름을 숨기고 몸을 깊이 간직해 속세를 유희하는 자들이 없지 않다. 어찌 허생만 의심할까 보냐.

평계平谿 국화 아래서 조금 마신 뒤 붓을 잡고 쓴다.

연암이 기록하다.

열녀함양박씨전

烈女咸陽朴氏傳

제나라 사람이 말하기를 "열녀는 두 사내를 섬기지 않는다" 했다. 이는 《시경》의 〈백주〉 편과 같은 뜻이다. 우리나라 법전에서는 '다시 시집간 여자의 자손에게 벼슬을 주지 말라' 했는데, 이 법을 어찌 저 모든 평민을 위해 만들었겠는가?*

　　그러나 우리나라가 시작된 이래 사백 년 동안 백성들은 오래오래 교화敎化에 젖어버렸다. 여자들이 귀천을 가리지 않고 집안의 높낮음도 가리지 않자 절개를 지키지 않는 과부가 없어졌다. 이것이 드디어 풍속이 되었으니, 이른바 옛날의 '열녀'는 이제 과부에게 있다.

　　민가의 젊은 아낙네나 뒷골목의 청상과부들은 부모가 억지로 다시 시집보내려는 것도 아니고 자손의 벼슬길이 막히는 것도 아

＊　이 법을~만들었겠는가?　이 법은 벼슬을 하려는 양반에게만 해당된다는 뜻

니건만, '과부의 몸을 지키며 늙어 가는 것만으로는 수절했다 말할 만한 게 없다'고 생각한다. 그래서 대낮의 촛불처럼 의미 없는 삶을 스스로 꺼버리고 남편을 따라 저승길을 걷길 바란다. 물불에 몸을 던지거나 독주를 마시며, 끈으로 목을 졸라매면서도 마치 극락이라도 밟는 것처럼 여긴다. 그들이 열렬하기는 열렬하지만, 어찌 너무 지나치다고 하지 않겠는가.

옛날 높은 벼슬에 있는 형제가 어떤 사람의 벼슬길을 막으려 하면서 그 일을 어머니께 말씀드렸다. 어머니가 "무슨 잘못이 있기에 그의 벼슬길을 막느냐?" 하고 묻자, 아들이 "그의 선조에 과부가 있었는데 바깥의 여론이 몹시 시끄럽습니다" 하고 대답했다. 어머니가 깜짝 놀라며 "규방에서 일어난 일을 어떻게 알 수 있느냐?" 물었더니, 아들이 "풍문으로 들었습니다" 하고 대답했다. 어머니가 말했다.

"바람은 소리만 나지 형태가 없다. 눈으로 살펴도 보이지 않고 손으로 잡아도 얻을 수 없다. 공중에서 일어나 만물을 흔들거늘, 어찌 이따위 형편없는 일로 남을 흔든단 말이냐? 게다가 너희도 과부의 자식이다. 과부의 자식이 과부를 논할 수 있겠느냐? 잠깐 기다려라. 내가 너희에게 보여 줄 게 있다."

어머니가 품속에서 동전 한 닢을 꺼내 보이며 물었다.

"이 돈에 윤곽이 있느냐?"

"없습니다."

"그럼 글자는 있느냐?"

"글자도 없습니다."

어머니가 눈물을 흘리며 말했다.

"이게 바로 네 어미가 죽음을 참게 한 부적이다. 내가 이 돈을 십 년 동안 문질러서 다 닳아 없어진 게야. 사람의 혈기는 음양에 뿌리를 두고, 정욕은 혈기에 심겨 있으며, 생각은 고독에서 나고 슬픔은 생각에서 나는 법이다. 과부는 고독에 살며 슬픔도 지극하지. 그런데 혈기는 때를 따라 왕성하니, 어찌 과부라고 정욕이 없겠느냐?

가물가물한 등잔불이 내 그림자를 조문하듯 고독한 밤엔 새벽도 더디 오더구나. 처마 끝에 빗방울이 뚝뚝 떨어질 때나 창가에 비치는 달이 흰빛을 흘리는 밤, 나뭇잎 하나가 뜰에 흩날릴 때나 외기러기가 먼 하늘에서 우는 밤, 멀리서 닭 우는 소리도 없고 어린 종년은 코를 깊이 고는 밤, 희미한 졸음도 오지 않는 그런 깊은 밤, 누구에게 고충을 하소연하겠느냐? 나는 그때마다 이 동전을 꺼내 굴리기 시작했다.

둥근 놈이 방 안을 두루 돌며 잘 달리다가도 모퉁이를 만나면 그만 멈추었지. 그러면 내가 이놈을 찾아 다시 굴렸는데, 밤마다 대여섯 번씩 굴리고 나면 하늘이 밝아지곤 했다. 십 년이 지나는 동안 동전 굴리는 횟수가 줄어들었고, 다시 십 년 뒤에는 닷새 밤을 걸러 한 번 굴리다가 열흘 밤을 걸러 한 번 굴리게 되었지. 혈기

가 쇠약해진 뒤에야 동전을 다시 굴리지 않게 되었다. 그런데도 이 동전을 열 겹으로 싸서 이십 년 되는 오늘까지 간직한 까닭은 그 공을 잊지 않으려 하기 때문이야. 가끔은 동전을 보며 스스로 깨우치기도 한다."

말을 마치며 어머니와 아들이 서로 껴안고 울었다. 군자들은 이 이야기를 듣고 "이야말로 '열녀'라고 말할 수 있겠구나" 했다. 아아! 슬프다. 이처럼 괴롭게 수절한 과부들이 당시에 드러나지 않고 이름조차 흔적 없이 사라져 후세에 전해지지 않은 까닭은 무엇인가? 과부가 절개를 지키는 것은 온 나라 누구나 하는 일이라, 한 번 죽지 않고서는 과부 집안의 뛰어난 절개가 드러나지 않기 때문이다.

내가 안의 고을을 다스리기 시작한 이듬해인 계축년(1793) 어느 달 어느 날이었다. 밤이 차차 샐 즈음 어렴풋이 잠이 깼는데, 청사 앞에서 몇 사람이 소곤거리는 소리가 났다. 그러다 다시 슬피 탄식하는 소리도 들렸다. 무슨 급한 일이 생겼는데도 내 잠을 깨울까 봐 걱정하는 듯했다. 그래서 내가 소리를 높여 "닭이 울었느냐?" 하고 물었더니 곁에 있던 사람이 대답했다.

"벌써 서너 번이나 울었습니다."

"바깥에 무슨 일이 생겼느냐?"

"통인通引* 박상효의 조카딸이 함양으로 시집가서 일찍 과부가 되었는데, 오늘 지아비의 삼년상이 끝나자 바로 약을 먹고 죽으려 했답니다. 그 집에서 급하게 연락이 와 구해 달라 했으나 상효가 오늘 숙직 당번이라 황공해하며 맘대로 가지 못하고 있습니다."

나는 빨리 가 보라고 명령했다. 날이 저물 무렵 옆에 있던 사람들에게 "함양 과부가 살아났느냐?" 하고 묻자 "벌써 죽었습니다" 하고 대답했다. 나는 서글프게 탄식했다.

"아아, 열렬하구나. 이 사람이여!"

그러고는 여러 아전을 불러다 물었다.

"함양에 난 열녀가 본래 안의 사람이라고 했지. 그 여자의 나이가 올해 몇 살이며 함양 누구의 집으로 시집갔었느냐? 어릴 때부터 행실이 어떠했는지 너희 가운데 잘 아는 사람이 있느냐?"

여러 아전이 한숨을 쉬며 말했다.

"박 씨 집안은 대대로 이 고을 아전입니다. 그 아비의 이름은 상일相一이며 일찍 죽었습니다. 이 외동딸만 남고 그 어미 또한 일찍 죽었지요. 어려서부터 할아비와 할미 손에 자랐는데 효도를 다했습니다. 그러다 나이 열아홉에 함양 임술증에게 시집와서 아내가 되었습니다. 술증도 대대로 함양의 아전이었습니다. 평소 몸이 여위고 약해서 한 번 초례醮禮를 치르고 돌아간 지 반년이 채 못 되어 죽었습니다. 박 씨는 남편의 초상을 치르며 예법을 다하고, 시

* 통인 심부름을 하던 아전

부모 섬기는 일에도 며느리 도리를 다했습니다. 두 고을의 친척과 이웃 가운데 그 어진 태도를 칭찬하지 않는 사람이 없었는데, 이제 그 행실이 참으로 드러난 것입니다."

한 늙은 아전이 감격해 이렇게 말했다.

"그 여자가 시집가기 몇 달 전 어떤 사람이 말하길 '술증의 병이 골수에 들어 살길이 없는데 어찌 혼인날을 물리지 않느냐'고 했답니다. 그래서 그 할아비와 할미가 여자에게 가만히 알렸으나 아무런 대답도 하지 않았습니다. 혼인날이 다가와 색시 집에서 사람을 보내 술증을 보니, 술증이 비록 아름다운 모습이었지만 폐병으로 기침을 했습니다. 마치 버섯이 서 있고 그림자가 걸어 다니는 것 같았답니다.

색시 집에서 매우 두려워하며 다른 중매쟁이를 부르려 했는데, 그 여자가 얼굴빛을 가다듬고 이렇게 말했답니다. '지난번 바느질한 옷은 누구 몸에 맞게 한 것이며, 또 누구 옷이라고 불렀지요? 저는 처음 바느질한 옷을 지키고 싶어요.' 집에서는 그의 뜻을 알아차리고 원래 잡았던 혼인날에 사위를 맞아들였습니다. 그는 비록 혼인을 했다지만 사실 빈 옷을 지켰을 뿐이랍니다."

얼마 뒤 함양 군수 윤광석이 밤중에 기이한 꿈을 꾸고 감격해 〈열부전〉을 지었다. 산청 현감 이면제 또한 그를 위해 전을 지어주었다. 거창에 사는 신돈항도 문장을 하는 선비였는데, 박 씨를 위해 그 절개와 의리를 적었다.

박 씨는 처음부터 끝까지 마음이 변함없었으니 어찌 스스로 이렇게 생각하지 않았으랴?

'나처럼 나이 어린 과부가 세상에 오래 머문다면 길이길이 친척에게 동정이나 받을 것이다. 이웃들의 망령된 생각에서 벗어나지 못할 테니, 빨리 이 몸이 없어지는 게 낫겠다.'

아아, 슬프다. 그가 처음 상복을 입고도 죽음을 참은 것은 장사를 지내야 했기 때문이고, 장사를 끝낸 뒤에도 죽음을 참은 것은 소상小祥이 있어서였다. 소상을 끝낸 뒤에도 죽음을 참은 것은 대상大祥*이 있었기 때문이다. 이제 대상도 다 끝나 상복 입기를 마치고, 지아비와 같은 날 같은 시에 죽어 처음의 뜻을 이루었다. 어찌 열부가 아니겠는가?

---

* 소상, 대상 소상은 사람이 죽은 지 1년 만에 지내는 제사고, 대상은 사람이 죽은 지 2년 만에 지내는 제사다.

《박지원 소설집》을
읽는 즐거움

김영희 해설

연암 박지원이라는 이름이 익숙한 친구들이 많을 거예요. 이 책에 실린 〈양반전〉과 〈허생〉, 〈호질〉은 교과서에 자주 소개되는 대표적인 고전소설이니까요. 역사에 관심이 있다면 그를 조선 후기 실학자로 알고 있을 수도 있겠어요.

박지원은 이 소설집을 통해 18세기 도시화로 달라진 근대 조선의 사회상을 보여 줍니다. 개인주의와 합리성을 추구하기 시작한 근대라는 시기에 강조된 새로운 인간상을 그려 내요. 그간 쓰인 중세의 소설들이 성리학적 질서를 강조하며 공동체를 유지하는 이상적인 방안을 제시하려 했다면, 박지원의 작품들은 온전히 개인에게 초점을 둡니다. 그 시대 인물 각각의 모습을 관찰해 사실적이고 세밀하게 표현합니다.

일상을 사는 평범한 사람을 소재 삼았다는 점은 한국 문학의 역사에서 아주 중요한 변화랍니다. 당시만 하더라도 양반 계층이 쓴 소설은 성리학의 이념을 따르라는 교훈적 주제를 다루는 경우가 많았어요. 그러나 '임금에게 충성하고 부모에게 효도하면 이상 사회가 온다'고 가르치는 글은 근대를 사는 사람들이 흥미로워하는 바, 알고 싶어 하는 바와 아득히 멀었지요. 근대는 정말이지 모든 것이 변하고 있었던 놀라운 시기였거든요.

〈옥갑야화〉는 청나라에 파견된 사신 일행에 합류해 연행무역을 하는 역관들을 묘사합니다. 역관은 은이나 인삼으로 연경에서 물건을 구입하고, 이를 조선에 가져와 팔 수 있었습니다. 무역에 성공한 사람들은 큰 부자가 되었습니다. 나중에는 서울, 개성, 의주 상인들이 더 활발하게 활동하며 부유해졌지요. 근대 조선인에게는 자신의 능력을 바탕으로 삶을 바꿀 수 있겠다는 믿음이 조금씩 자라났습니다. 〈양반전〉에서처럼 돈으로 양반 신분을 사기도 합니다. 과거의 질서는 이제 공고하지 않았습니다. 박지원은 그런 사회를 작품에 담아 근대인들이 관심 두는 것, 관심 두어야 할 것들을 이야기했답니다. 이 글들은 큰 호응을 받았고 그의 문체를 따라 하는 선비들까지 나타났어요.

다만 소설집 속 작품들이 《홍길동전》만큼 술술 읽히지는 않았지요? 그래도 여러분이 호감을 갖고 다시 보면 좋겠어요. "아, 어렵다!" 하고 접어버리기엔 너무나 멋진 의미를 담고 있거든요.

우정에 대한 탐구

성리학에서는 오륜을 바탕으로 한 사회 윤리의 유지를 강조합니다. 오륜은 임금과 신하(군신유의), 부모와 자식(부자유친), 부부(부부유별), 어린 사람과 나이 든 사람(장유유서), 친구(붕우유신) 사이에서 지켜야 할 도리를 의미하지요. 이 중에서 붕우유신은 조선 중기까지 큰 주목을 받지 못해요. 조선이 수직적 질서를 강조하는 사회였기 때문입니다. 가부장적 가족주의와 신분제가 중요한 세계에서는, 친구와 친구가 수평적으로 관계 맺는 우정을 힘주어 말할 필요가 없었어요.

하지만 개인에게 주목하는 근대가 열리며 상황이 달라집니다. 우정에 대한 논의가 이루어지기 시작했고, 그 중심에 박지원이 서 있었습니다. 근대인 박지원은 자신의 작품에서 우정을 나누고 이어 나가는 방법에 대한 질문을 끊임없이 던지며 정리한 생각을 드러냅니다.

> "그렇다면 내가 충성스럽게 벗을 사귀고 정의롭게 벗을 정해야겠군. 어떻게 해야 하겠나?"

젊은 시절 박지원은 불면증과 거식증을 동반한 우울증으로 고생했다고 해요. 병을 치료하기 위해 그가 택한 방법은 아주 독특했습니다. 명의를 찾는 것이 아니라 저잣거리에서 다양한 사람, 특히 서민들을 만난 뒤 그들의 이야기를 글로 옮기거든요. 신기한 사람이 있단 소문을 들으면 그를 찾아 먼 길을 떠나기까지 합니다. 그렇게 박지원이 만나는 이들의 범위는 자신과 전혀 다른 계층으로 뻗어 나갔습니다. 새로운 사람과 교류하고 그의 멋짐을 발굴하는 일이, 종국에는 친구가 되는 일이 얼마나 의미 있는지 알고 있었던 거예요. 〈민옹전〉에는 입맛이 좀처럼 돌지 않아 식사를 못하던 '나'가 '민 영감'과 벗이 되며 마음이 시원해지고 코밑이 트여 밥을 먹을 수 있었다는 내용이 나오기도 하지요.

그가 몸으로 체험한 우정의 방법은 "오로지 마음으로 사귀며 덕으로 벗"하는 "도의의 사귐"입니다. 박지원은 상대가 어떤 계층이건, 외모가 어떻건, 가진 것이 무엇이건 개의치 않고 마음이 닿으면 친구가 되고 맙니다. 그리고 자신의 친구들을 소설에 담아 세상에 소개하지요. 자연스럽게, 박지원의 글에는 양반들이 맺는 우정의 방식을 비판하는 장면이 자주 등장할 수밖에 없습니다. 명분과 실리를 따지는 태도가 우정의 근본을 훼손한다고 여겼어요.

"에이, 더럽구나. 너는 그걸 말이라고 하느냐? 내 말을 들어 보아라. 대체로 가난한 사람은 바라는 것이 많기 때문에 정의를 한없이 그리워한다. 저 하늘을 쳐다보았자 가물가물하건만 곡식이라도 쏟아질 거라고 생각하지. 남의 기침 소리만 들어도 목을 석 자나 뽑곤 한다.

그러나 재산을 모으는 자는 인색하다는 이름쯤은 부끄러워하지도 않는다. 남이 나에게 무엇을 바랄 생각조차 못하게 하는 거야.

또 천한 사람은 아낄 것이 없으므로 그의 충성심은 어떤 어려운 일이라도 사양하지 않는 법이다. 왜 그런가 하면, 물을 건널 때 옷을 걷지 않는 까닭은 다 떨어진 홑바지를 입었기 때문이거든. 수레를 타는 사람이 가죽신 위에다 덧버선을 신는 까닭은 진흙이 스며들까 봐 걱정하기 때문이고. 가죽신 밑창까지도 아끼는 사람이 제 몸뚱이야 오죽하겠느냐? 그렇기에 충忠이니 의義니 하고 부르짖는 것은 가난하고 천한 자들의 상투적인 구호일 뿐이고, 부귀를 누리는 자들에게는 논할 거리도 안 되는 거야."

탑타가 처량하고 슬프게 얼굴빛을 붉히면서 말했다.

"내 한평생 벗을 하나도 사귀지 못할지언정, 너희 말처럼 '군자의 사귐'은 안 하겠다."

친구가 되는 법

박지원은 우정을 맺으려면 상대의 본질을 들여다보라고 말합니다.

〈김신선전〉은 '나'가 우울증을 고치기 위해 술법을 갖고 있다는 '김신선'을 찾아다니는 이야기인데요. 제목은 '김신선전'이지만 재미있게도 이 소설에서는 김신선이 한 번도 나오지 않아요. 색다른 설정이지요. 김신선의 행방을 하염없이 찾아보아도 얻은 건 그에 대한 무성한 소문뿐이에요. 체부동, 누각동, 삼청동, 미원동, 계동, 창동, 장창교 등 서울 일대를 뒤지고 금강산까지 가 보았으나 들리는 말을 조합하면 오히려 그의 실체가 흐릿해집니다. 나이도 사는 곳도 제각각이었으니까요. 나는 끝내 김신선 찾기에 실패합니다.

〈김신선전〉에는 그를 안다는 사람이 수없이 등장하지만 모두 자신의 입장에서 이해한 김신선을 증언할 따름입니다. "뜻을 얻지 못해 울적한 자가 바로 신선"이라는 표현은 그가 세속에서 빛을 보지 못했다는 의미인 동시에, 그를 제대로 알아주는 사람이 전혀 없는 상황에 대한 안타까움으로 해석할 수 있어요.

'가족도 있고, 친구도 있는데 제대로 알아주는 사람이 어떻게 하나도 없을 수 있지?' 하고 의문이 들지요. 자, 눈을 감고 생각해 보세요. 나의 모습을 그대로 이해하고 알아주는 사람이, 여러분은 있나요? '나를 이해한다고 말하는 타인의 말은, 가장 잘한 오해에 지나지 않는다*'는 말이 떠오르네요.

일본에서 문장으로 이름을 떨친 '우상'의 생애를 그린 〈우상전〉도 타인에게 이해받는 일의 어려움을 생각하게 해요. 우상은 "붓끝으로 산천을 뽑았다" 해도 될 만큼 출중한 글솜씨를 뽐냅니다. 해외에 이름이 알려진 후 온 나라 사람들이 그를 칭송했지요. 하지

---

* 　김소연,《마음사전》, 마음산책, 2008

만 그는 "오직 이 사람만이 나를 알아줄 수 있을 거야"라며 '나'에게 자신의 시를 보냅니다. 우상의 시를 읽은 나는 감탄하면서도 그를 더욱 단련시키고 싶은 마음에 "너무 자질구레해서 보잘것없어" 하고 돌려보내지요. 이에 우상은 불같이 화를 내며 "내 어찌 이런 세상에서 오래 버틸 수 있으랴" 하더니 눈물을 흘립니다.

모든 이에게 추앙받는 듯하던 우상이, 자신을 알아줄 한 사람을 짚어 문장을 선보였다는 점이 놀랍습니다. 아무리 많은 사람에게 알려지더라도 마음과 정신을 나눌 수 있는 친구가 없다고 여길 수 있겠구나 싶고요. 결국 죽어 신선이 된 것으로 보인다는 마무리가 〈김신선전〉과 겹쳐 흥미롭습니다.

우정이 세상을 바꾼다

〈예덕선생전〉은 우정의 힘이 무엇인지 암시합니다. 이 작품이 '엄항수'라는 인물의 훌륭함을 소개하고 끝나는, "인품을 보고 계층을 초월한 교류를 해야지"라는 교훈만 주는 소설이었다면 이렇게 오랜 기간 사랑받으며 읽히지 못했을 거예요. 엄항수의 인격에만 초점을 둔다면 〈예덕선생전〉은 그저 미담에 지나지 않았을 겁니다.

엄항수의 직업적 특성에 집중해 볼까요? 그는 마을의 똥을 모아 거름으로 만들어 파는 일을 합니다. 똥을 만지니 사람들은 그를 천하다고 말해요. 하지만 엄항수는 신경 쓰지 않고 자기 삶을 꾸려 나갑니다. 그가 만든 거름으로 농사를 지은 사람들은 해마다 6000 냥을 벌었다고 하지요. 조선 시대 종9품 관원의 연봉이 24냥이었다는 점과 견주어 보면, 엄항수는 정말 엄청난 부를 얻게 해 주는 사람이었던 거예요. 출신과 무관하게 개인의 노력으로 경제적 이익을 만들어 낸 근대인이라 할 수 있습니다.

엄항수의 이면을 알아보고, 선입견에 사로잡힌 제자를 설득해 내는 '선귤자'는 우정이 일으킬 수 있는 변화를 상상하게 합니다. 세상이 하찮게 여기는 사람의 장점과 능력을 칭송하는 벗이 한 명이라도 있다면, 그의 자질을 본받으려는 이들이 생겨나지 않을까요. "선귤자 같이 대단한 사람이 칭찬을 하는데 분명히 무슨 이유가 있겠지!" 하면서 말이지요.

〈허생〉은 이 상상을 구체화해요. 한양 제일의 부자 '변 씨'는 다짜고짜 만 냥을 빌려달라는 '허생'에게 질문 하나 하지 않고 돈을 내줍니다. 주변 사람들이 크게 놀라도 의연합니다.

"대개 남에게 부탁할 것이 있는 자들은 반드시 자기 계획을 과장해서 먼저 신의를 나타내는 법이다. 그러면서도 얼굴빛이 부끄럽고 비겁하며 말이 중복되곤 하지. 그런데 이 손님은 옷과 신이 비록 다 떨어졌으나 말이 간단하고 눈매가 오만해. 얼굴에 부끄러운 빛이 없는 것으로 보아, 물질이 갖추어지기를 기다리기 전에 스스로 만족하는

사람이야. 그가 시험해 보겠다는 것도 작은 일이 아니겠지만 나 또
한 그에게 시험해 볼 일이 있는 거지. 주지 않았다면 모르거니와, 이
미 만 냥을 주었으면 이름은 물어서 무엇하겠나?"

변 씨의 추측대로 허생은 비범한 인물이었습니다. 그는 만 냥으
로 매점매석하며 조선 경제를 뒤흔들고 그 허술함을 간파합니다.
또 변산의 도적 수천 명을 교화시켜 나라를 평화롭게 합니다. 그들
을 무인도로 데려가 자급자족하며 살 수 있는 환경도 마련해 주고
요. 수완을 발휘해 만 냥을 100만 냥으로 만듭니다.

5년 만에 10만 냥을 들고 찾아온 허생을 향해 변 씨는 '내가 돈
을 빌려줄 거라고 어떻게 짐작했느냐'고 묻습니다. 허생은 그건 운
명에 달린 바이며 예측할 수 없으나, '나를 쓸 줄 아는 자는 복이 있
는 자'라고 답해요. 우리는 여기서도 우정의 가치를 발견할 수 있
습니다. 허생의 초라한 행색이 아니라 진면목을 본 변 씨의 믿음이
있었기에 그는 능력을 발휘하고 조선 사회에 변화를 일으켰어요.
변 씨가 허생을 내쳤다면 어떤 파란도 일어나지 않았을 거예요. 우
정은 세상을 바꾸는 힘을 갖고 있는 것이지요.

사대부들이 오랑캐라 무시하던 청나라를 실제로 경험하고 돌
아온 박지원에게 조선은 폐쇄적이고 정체된 국가로 보였을 듯합
니다. "우리도 어서 변해야 하는데!"라며 답답해했을 거예요. 그가

우정에 주목한 이유 중 하나는 편견에 갇힌 사람들을 더 넓은 세상과 연결해, 시대의 변화를 부드럽게 이끄는 힘을 찾으려 했기 때문이 아닐까 합니다.

250여 년이 지난 지금도 박지원의 문제의식은 유효합니다. 그 점이 안타깝기도 하고 반갑기도 해요. 여러분에게 이 작품을 권하는 까닭입니다.《박지원 소설집》을 읽고 있자면 우정에 대한 믿음이 강해집니다. 친구 맺기로 우리가 세상을 좀 더 낫게 만들 수 있겠구나, 라는 신념을 줍니다. 거지(〈광문자전〉)부터 과부(〈열녀함양박씨전〉), 동물(〈호질〉)까지 다종다양한 존재가 등장하는 박지원의 글 속에서 자신의 경계를 허물고 타자와 우정을 나누는 연습을 해 보길 바랍니다. 그 노력은 분명 결실을 이룰 거라고 생각해요.

어때요, 우리 모두 우정의 천재가 되어 보는 것은?